AMERIKANISCHE WALD- UND STROMBILDER

ZWEITER BAND

FRIEDRICH GERSTÄCKER

copyright © 2022 Culturea éditions
Herausgeber: Culturea (34, Hérault)
Druck: BOD - In de Tarpen 42, Norderstedt (Deutschland)
Website: http://culturea.fr
Kontakt: infos@culturea.fr
ISBN:9782385085698
Veröffentlichungsdatum: November 2022
Layout und Design: https://reedsy.com/
Dieses Buch wurde mit der Schriftart Bauer Bodoni gesetzt.
ER WIRT MIR GEBEN

EIN VERSUCH ZUR ANSIEDLUNG, ODER WIE'S DEM HERRN VON SECHINGEN IM URWALD GEFIEL

Amerika – Urwald – Indianer – Tomahawk – Scalpiren – Schlingpflanzen – Panther – »Oh, wer doch einmal im Urwald sein und das Alles so recht in der Nähe mit ansehen könnte« – ruft der entzückte Leser, während vor seinem inneren Auge eine wunderliebliche *Camera obscura* ihm all die obenerwähnten Sachen klein und zierlich, aber mit dem vollen Zauber reicher Phantasie übergossen, vorspiegelt.

»Da muß ich hin!« hatte auch »*von Sechingen*,« ein junger unabhängiger deutscher Edelmann gesagt, als er Coopers »Ansiedler« auf's Sopha warf, emporsprang, die an der Wand hängende Büchse ergriff und auf einen, im Geist heraufbeschworenen Panther schnell und sicher anlegte.

Er nahm sich kaum Zeit, das Buch auszulesen; noch in demselben Monat ordnete er seine Geschäfte, und acht Wochen später trug ihn die wogende, blaue See hinüber zu dem Lande seiner Hoffnungen und Träume. Dort, im stillen Wald – im rauschenden Schwanken der Urbäume, wollte er sich seine Hütte bauen, den Bär und Panther jagen und mit den rothen Eingeborenen verkehren; dort von allen Sorgen und Ärgernissen des alten Vaterlandes entfernt, hoffte er die Ruhe zu finden, nach der er sich gesehnt, und die Oberlippe warf er stolz und verächtlich empor, als er jetzt an all das Complimenten- und Etikettenwesen der alten Welt zurückdachte, was Gott sei Dank nun hinter ihm lag.

Die Reise war höchst glücklich – nach schneller Fahrt erreichte er New-Orleans, hielt sich aber hier kaum lange genug auf, die Stadt flüchtig anzusehen, sondern nahm, als am nächsten Morgen ein für den Arkansas bestimmtes Dampfboot stromauf lief, auf diesem Passage, und erreichte neun Tage später Little Rock, die Hauptstadt des Staates.

Hier nun strömten, wie das stets bei ankommenden Booten der Fall ist, eine Masse von Menschen an Bord, um vielleicht hie und da einen Bekannten zu treffen oder Zeitungen und Briefe in Empfang zu nehmen, und *von Sechingen*, dem das Treiben noch ganz neu und ungewohnt war, konnte nicht umhin, einen kleinen freundlichen Mann zu bemerken, der, etwa ein Achtunddreißiger, einen grauen, verschossenen Überrock mit Messingknöpfen, ein paar dunkelfarbige Sommerbeinkleider, grobe Schuh, ein hellblaues Halstuch und einen ziemlich mitgenommenen schwarzen Seidenhut trug.

Der kleine Mann trat nämlich mit einer unbeschreiblichen, wohlbehaglichen Sicherheit auf, schien dabei Jeden auf dem Boot zu kennen, und war auch wirklich von Allen gekannt, denn des Zunickens und Handdrückens wurde gar kein Ende und »wie gehts Charley – noch immer munter, Charley? – *bless me* Charley, wie dick Ihr geworden seid!« tönte fast von jeder Lippe. – Es war Charles Fischer, dessen Name bei allen dort gewesenen oder reisenden Deutschen fast unzertrennlich von dem Namen der Stadt selbst geworden, denn schon seit langen Jahren wohnhaft in der Stadt, die er, wie er gern erzählte, »noch als ein Dorf gekannt,« hatte er durch Fleiß und Sparsamkeit (er war ein Tischler) und besonders durch Glück, bei allen seinen Unternehmungen eine hübsche Summe gespart, später ein paar kleine Häuser gebaut, dann eine Art Wirthshaus und Schenkstand angelegt und jetzt steigerte sich mehr und mehr sein Verdienst, da er Alles, was er brauchte, von New-Orleans oder Cincinnati – wo Provisionen wie Getränke sehr billig sind – bezog, und dieses dann in Little Rock zu einem enormen Preis wieder verkaufte. Dazu als eine gute, harmlose Seele beliebt, und schon so lange an jenem Ort wohnend, daß ihn Hin- und Herreisende immer wieder auf derselben Stelle, der Erste an Bord jedes anlangenden Bootes, und eine halbe Stunde später hinter seinem Schenktisch fanden, wurde Charles Fischer gewissermaßen die Hausnummer, die man auf alle nach Little Rock oder auch ganz Arkansas addressirten Briefe setzte, wenn man nicht den Ort, wohin Brief oder Passagier bestimmt war, ganz genau angeben konnte.

Charles Fischer war also, und ist selbst jetzt noch, das Policeibüreau für sämmtliche nach Little Rock kommende Deutsche, auf dem sie sich nach jedem Interessanten erkundigen können, das aber dafür auch Alles, was den Fragenden angeht, wissen will. Selbst übrigens selten oder nie, seit er in Amerika ist, aus Little Rock herausgekommen, wechselt er auch seine Ansichten nicht besonders, und wenn Jemand von ihm wissen will, wo in Arkansas gutes Land liegt, so schickt er ihn seit funfzehn Jahren an den *Fourche la fave*; wünscht man von ihm zu erfahren, wie die »Zeiten« sind, so schimpft er und holt ein Paketchen kleiner Banknoten, die er mit einem starken Bindfaden in einem Westenknopfloch befestigt hat, aus der Tasche und sagt »man müsse in Little Rock das Geld anbinden, sonst liefe es fort;« erkundigt man sich nach seiner politischen Meinung, so ist er Demokrat mit Leib und Seele – er ließe sich, behauptet er, lieber todtschlagen, ehe er zu den Whigs überginge, läßt sich aber nie auf nähere Erörterungen ein, da ihm der Unterschied zwischen Whigs und Demokraten noch selbst in vielen Stücken sehr dunkel ist; fragt man ihn aber, was seine Frau macht, so stößt er Einem den Zeigefinger in die Rippen, blinzt das linke Auge zu, was verschmitzt aussehen soll, und lacht.

Außer Little Rock existirt weiter keine Welt für ihn, er verschmäht jede Einladung, einmal auf das Land zu seinen Freunden zu kommen, und behauptet bei solchen Gelegenheiten stets, sich mit innigem Behagen die Hände reibend, »es gäbe doch nur *ein* Little Rock,« und darin hat er vollkommen recht, denn es wäre fürchterlich, wenn auf der Welt noch solch ein zweiter Platz existirte.

Eben hatte *Charley*, wie er von Allen freundschaftlich genannt wurde, mehre Briefe vom Buchhalter in Empfang genommen, die zwar an ihn adressirt, keineswegs aber für ihn bestimmt waren und wollte das Boot wieder verlassen, als von Sechingen, der jetzt genug von ihm gesehn und auch den Namen so oft gehört hatte, um ziemlich sicher zu sein, wer vor ihm stehe, auf ihn zutrat, und freundlich grüßend fragte, ob er »das Vergnügen habe, mit Herrn Carl Fischer zu sprechen?«

»Charley – *of course* – gewiß –« sagte der Kleine, »eben von Deutschland gekommen, eh? haben Sie dort auch letztes Jahr so nasses Wetter gehabt, wie wir hier? aber apropos, was ich Sie fragen wollte, wie weit sind Sie denn bei Stuttgart mit der Eisenbahn?«

»Es thut mir leid, Ihnen darüber keine genaue Auskunft geben zu können,« lächelte der Fremde »ich komme aber mit einer Bitte um Rath zu Ihnen, Herr Fischer, indem ich von New-Orleans aus durch einen dort zufällig getroffenen Freund an Sie gewiesen bin, mir die beste Gegend für Land hier in Arkansas zu nennen. Ich beabsichtige mich anzukaufen und weiß selbst noch nicht recht, ob ich meine Nachforschungen von hier aus beginnen, oder mit dem Boot bis Fort Gibson hinauf gehen soll.«

»Land kaufen?« sagte Charley, wie er sich selber nannte, »Land kaufen? keine bessere Gegend in der Welt, als am *Fourche la fave* – Land nicht *todt* zu machen – *Weide*, unverwüstlich – *Wild* unmenschlich.«

»Viel Wild? so?« frug der Fremde, und wurde aufmerksamer – »und wo liegt dieses paradiesische Land?«

»Etwa vierzig Meilen von hier, über die Berge fort, Sie gehen jedoch am Besten mit dem Boot bis an die Mündung des kleinen Flusses selbst, und dann soll es noch etwa zwanzig Meilen von da bis zu der deutschen Ansiedlung sein, Sie können nicht fehlen, immer am Fluß hinauf.«

»Was fang ich aber indessen mit meinen Sachen an? denn wenn ich eine Fußtour unternehmen soll, muß ich *die* auf jeden Fall zurücklassen.«

»Können Sie zu mir hinstellen,« sagte Charley, »ich habe ein kapitales Lokal – unten ein großes Barzimmer mit einem Schlafkabinet.«

»Barzimmer?« frug der Fremde.

»Nun ja – Barzimmer, ach so, Sie wissen nicht was *Bar* ist, nun *Schenk*zimmer, das ist ja wohl deutsch – eine Treppe hoch habe ich einen Tanzsaal, sollen einmal den Tanzsaal sehen, wie ich den herausgeputzt habe – und auch ein Schlafkabinet, und oben unter dem Dach noch zwei Schlafkammern, wo, wenn es ordentlich eingetheilt wird, an die vierzehn Betten stehen können.«

»Aber wo wohnen Sie denn da?« sagte erstaunt der Fremde.

»Im Sommer wohn' ich im Tanzsaal und im Winter unten, neben dem Barzimmer.«

»Und vierzehn Betten in zwei Dachkammern?«

»Ja, und wie viel meinen Sie, daß im letzten Winter, wo ich den großen Ball hatte, dort oben in eilf Betten Menschen gelegen haben?«

»Nun vielleicht gar zwei und zwanzig Personen?« lachte der Deutsche.

»Zwei und zwanzig?« rief Charley die Nase rümpfend, »wegen denen wären *die* Umstände nicht nöthig gewesen – *sieben und dreißig*.«

»Aber wie ist das möglich?«

»Möglich? in Amerika ist Alles möglich, das werden Sie auch wohl noch erfahren, ehe Sie sechs Monate im Lande sind.«

»Dann kann ich also Alles zu Ihnen in's Haus schaffen lassen?«

»Ja wohl – versteht sich, wollen gleich einen Mann rufen, hey – Sam! oh Sam! hierher!«

Der Zuruf galt einem großen, breitschultrigen Mulatten, der neben seinem zweirädrigen Güterkarren am Ufer stand und mit der Peitsche knallte – »hier ist ein Gentleman, der Sachen nach meinem Hause zu schaffen hat.«

»Ay, ay, Mr. Charley,« rief der Mulatte, freundlich grinsend, während er über die Planke an Bord lief, und in wenigen Augenblicken oben neben ihnen stand, »soll richtig besorgt werden,« fuhr er fort, indem er den getheerten Matrosenhut neben die Peitsche auf das Verdeck legte, »aber *Mister* Charley, nicht wahr, Sam bekommt dann auch einen Schluck von dem *Peach brandy*.«

»Ist der schwarze Teufel schon wieder durstig,« rief Charley erstaunt, »hat er nicht erst vorgestern eine halbe Flasch voll ausgetrunken?«

»Aber Mister Charley –«

»Nun schon gut, schaff nur die Sachen ordentlich und schnell hinauf – ich komme gleich mit und da wollen wir sehen.«

Drei Koffer, zwei Hutschachteln, mehrere Gewehrfutterale, ein Reisesack und noch verschiedene andere kleine Kistchen und Kasten wurden jetzt von dem geschäftigen Mulatten in fast unglaublich kurzer Zeit an's Ufer, zu dem nur wenige hundert Schritt vom Wasserrande entfernten Hause Carl Fischers befördert, und der Fremde, nachdem er das Fuhrlohn wie einen Trunk für den Karrenführer bezahlt hatte, und Alles besorgt sah, wandte sich hier zu seinem freundlichen Wirth und sagte:

»Wenn es Ihnen recht ist, so möchte ich jetzt ein wenig Toilette machen, denn in diesem Aufzug kann ich doch auf keinen Fall in den Urwald dringen. Haben Sie Bären hier in der Nähe?«

»Bären?« frug Charley verwundert, »die Leute da oben leben von weiter Nichts als Bärenfleisch; wie die Schweine laufen sie im Walde herum, nach den Hirschen schießen sie gar nicht mehr.«

»Die Bären?«

»Die Jäger, *of course*!«

»Nun« rief der Fremde, »dann werde ich ja auch wohl noch heute Abend zum Schuß kommen, will also doppelte Kugeln einladen.«

Sie waren unterdessen in die Wohnung oder vielmehr das »Barzimmer« des kleinen Charley, wie es dieser nannte, getreten, und in dem daranstoßenden Kämmerchen verwandelte sich der junge Mann bald, was wenigstens das Äußere betraf, aus einem Stutzer in einen Jäger, mit grüner Pikesche, ledernen Beinkleidern, hohen Wasserstiefeln, umgeschnalltem Hirschfänger, gewaltiger lederner Waidtasche, und schöner Suhler Büchsflinte, dabei wohl ausgerüstet, was Schrotbeutel, Pulverhorn, Zündhütchenaufsetzer, Messer, kurz Alles das betraf, was er nach deutscher, richtiger Waidmannsart »fertig gerüstet« nennen konnte.

»Nun kann's losgehen!« jubelte Charley und schlug vor Freuden in die Hände, als er den Jäger erblickte. »Da sieht man' s doch auch, daß es ein Jäger ist; – hier zu Lande laufen sie mit ihren langen Schießprügeln auf der Schulter, den Kolben nach hinten, in alten ledernen Jacken und wollenen Fracks im Wald herum und haben dünne hirschlederne Lappen an den Füßen, durch die man jedes Sandkorn fühlt. Ich habe selbst einmal so ein paar Dinger angehabt, bin aber beinah lahm geworden; weiß der Böse nur, wie sie noch 'was schießen, es muß aber wohl so viel draußen sein, daß sie's selbst nicht ändern können.«

»Gehen *Sie* denn nie auf die Jagd?« frug der Fremde.

»Ich? nein – bewahre –« lachte Charley, »ich müßte mich auch gut mit einer Flinte ausnehmen; ne, da draußen im nassen Walde herumzukriechen, den ganzen Tag ein schweres Stück Eisen auf der Schulter zu schleppen und dann auch noch d'raus zu schießen – ne – das ist meine Passion nicht. Ich habe gern Alles in der gehörigen Ordnung, Abends mein gutes Essen und ein warmes Bett, und am Tag – aber sie läuten schon wieder auf dem Boot – daß Sie's nur nicht versäumen. Was mir aber noch einfällt, es wäre doch eine Möglichkeit, daß Sie sich verliefen, denn im Walde sieht ein Baum wie der andere aus, und hier neben an wohnt ein Indianer, wenn Sie dem einen Dollar und einen Schluck Whiskey geben so geht er mit Ihnen durch's Feuer.«

»Ein Indianer?« rief der Fremde entzückt, »o rufen Sie ihn her, ich will ihm geben was er haben will, der muß mit mir gehen, das ist zu romantisch.«

»Wie heißen Sie denn eigentlich?« frug Charley jetzt, dem der letzte Ausdruck wahrscheinlich auffallen mochte.

»Mein Name ist von Sechingen,« erwiederte der Fremde.

»Ach Herr von Sechingen, ist mir sehr angenehm Ihre werthe Bekanntschaft – aber der Teufel soll mich holen, wenn's da nicht schon zum zweiten Male läutet – laufen Sie auf's Boot, ich bringe den Indianer.«

»Ja – aber er muß sich doch erst zurecht machen.«

»Ist immer zurecht gemacht,« erwiederte Charley, »nur fort, sonst werden Sie noch zurückgelassen. Also wohl gemerkt – an der Mündung des *Fourche la fave* lassen Sie sich aussetzen, und wenn Sie Alles in Richtigkeit haben, so kommen Sie nur her, und holen sich Ihre Sachen – apropos – grüßen Sie mir die Deutschen oben.«

Herr von Sechingen eilte jetzt auf das Boot, es dauerte jedoch gar nicht lange, bis Charley mit dem versprochenen Indianer nachkam und ihn auch kaum noch abliefern konnte, denn eben schellte die Glocke zum dritten und letzten Mal, die Taue wurden eingenommen, ein flüchtiges Lebewohl den am Ufer Bleibenden zurückgerufen, und fort schoß der Koloß, das »schwimmende Gasthaus« gegen den Strom an, dem fernen, fernen Westen zu.

Der Deutsche versuchte indessen mit dem Indianer ein Gespräch anzuknüpfen, fand diesen aber zu einer langen Unterhaltung keineswegs aufgelegt, und konnte auf seine Fragen, da dieser noch dazu sehr gebrochen englisch sprach, nur kurze, und meistens unbefriedigende Antworten erhalten, so daß er seine Erkundigungen endlich einstellte und bei sich dachte, im Walde würde der rothe Sohn der Wälder auch wohl gesprächiger werden.

Dieser rothe Sohn der Wälder sah übrigens ganz anders aus, als sich Sechingen eigentlich die Indianer, jene stolzen, kriegerischen Häuptlinge gedacht hatte. Ein früher einmal blau gewesenes, baumwollenes Jagdhemd hing ihm lose um die Schultern, die Beine staken in grau wollenen Beinkleidern, die Füße in mächtigen groben Schuhen, auf dem Kopf saß ihm, bis tief in die Augen hinein, ein alter zusammengedrückter Strohhut, unter dem die langen, schwarzen Haare wild und unordentlich hervorquollen, und im Gürtel, der sein Jagdhemd zusammenhielt, stak ein kurzes, schmales Messer, während an seiner rechten Seite eine kleine lederne Tasche, auf seiner linken Schulter eine zusammengewickelte wollene Decke hing und eine lange, keineswegs prachtvoll aussehende Büchse mit Feuerschloß, die Bewaffnung und Ausrüstung dieses sonderbaren Wesens beendete.

Dem jungen Sechingen blieb jedoch kaum Zeit, dieß Alles an seinem neuen Reisegefährten und Begleiter zu bemerken, denn fast sämmtliche, sich auf dem Dampfboot befindenden Amerikaner drängten sich um ihn her und begannen mit der liebenswürdigsten Unbefangenheit von der Welt seine Waffen und ganze Ausrüstung anzustaunen und zu betrachten. Einer nahm ihm, mit einem freundlichen »*if you please*« (wenn Sie erlauben) die Büchse aus der Hand und knackte unzählige Male die Schlösser, ein Anderer zog, *ohne* zu sagen *»if you please,«* den Hirschfänger aus der Scheide und untersuchte die Schärfe desselben, ein Dritter zupfte an dem Patentschrotbeutel, bis er die Kapsel glücklich herausbrachte und eine ganze Ladung Schrot auf's Deck streute, kurz es fehlte nicht viel, so hätten sie ihn wie eine Puppe aus- und wieder angezogen.

Von Sechingen ließ sich im Anfang wirklich Alles mit vieler Gutmüthigkeit gefallen, es schien sogar seiner Eitelkeit etwas zu schmeicheln, von Jedem so bewundert zu werden; nach und nach ward ihm die Sache aber doch ein wenig lästig und er nahm, ohne viele Umstände, sein verschiedenes Eigenthum wieder an sich. Die Amerikaner frugen ihn jedoch fast bei jedem Stück, wie er es verkaufen wolle und wunderten sich sehr, als er ihnen sagte, daß er Nichts von alle dem veräußern würde. Einer wünschte sogar zu wissen, wie er seine Stiefeln gegen ein paar andere, erst wenige Wochen getragene vertauschen, d. h. ob er noch Aufgeld haben wolle, denn daß er sie, wenn ihm der Handel gut schiene, überhaupt vertauschen würde, verstände sich, glaubten die Leute, von selbst.

Sechingen bekam die Gesellschaft schon recht überdrüssig, als er endlich zu seiner Freude den Ausruf des Indianers vernahm, der, mit dem Finger vorwärts deutend, auf einen Anwuchs niederer Baumwollenholzschößlinge hinwies.

»Ist das die Mündung des Flusses,« rief er freudig – »nun Gott sei Dank – aber werden wir auch halten?«

Die Bootsglocke beantwortete seine Frage, der Ruf des Lootsen sandte die »Deckhands« oder Matrosen nach der, hinten am Boot befestigten Schaluppe – der Deutsche und Indianer sprangen hinein und fanden sich, wenige Minuten darauf, an der Spitze einer Sandbank, welche gerade überhalb des Flusses Mündung eine kurze Strecke in den Arkansas hineinlief. Das leichte Fahrzeug, was sie hierher gebracht, war indeß zum Boot zurückgekehrt – das Zeichen wurde gegeben, puffend und schnaubend brauste der schöne Dampfer stromauf, und die beiden Männer standen allein auf der kleinen, sandigen Landzunge.

Sechingen blickte entzückt um sich her – Alles – Alles mahnte ihn daran, daß er jetzt im Begriff sei, zum ersten Mal die Amerikanische Wildniß, den *Urwald* zu betreten, und von wonnigen Schauern durchbebt, wandte er sich gegen den dunklen Wald. Zu seiner Linken, am andern Ufer des kleinen Flusses, thürmten sich schroffe, mit Kiefern und Eichen bedeckte Hügel empor, rechts von diesen, in der Richtung, die er einzuschlagen gedachte, lag eine dichte grüne Baum- und Laubmasse und hinter ihm wälzte sich der gewaltige Arkansas dem »Vater der Wasser«, dem Mississippi zu, während der schmale Sandstreifen, auf dem sie standen, etwa eine Meile lang bis zu dem wieder steiler werdenden Ufer hinauflief.

Noch war der Deutsche in staunender Bewunderung des Heiligthums versunken, das er kaum zu betreten wagte, als der Indianer, dessen christlicher »Robert« in den bequemeren »Bob« umgetauscht worden, das Schweigen brach und dem jungen Mann mit wenigen Worten andeutete, wie er nicht gesonnen sei, hier die ganze Nacht auf offener Sandbank halten zu bleiben.

»Wollen gehn –« sagte er, und drehte dabei den Kopf nach allen vier Himmelsgegenden, um Wolken, Sonne und Luft genau und prüfend zu betrachten – »kaum noch eine Stunde Tag, besser an einen trockenen Platz vor Abend – Feuer anmachen – groß.«

»Und welchen Weg nehmen wir jetzt?« frug Sechingen.

»Weg?« sagte der Indianer verwundert, »kein *Weg* von hier – lauter Wald.«

»Ha, desto besser!« rief der Deutsche, »das ist herrlich; lauter dichter, finsterer Wald, und dann das Nachtlager, – o das muß köstlich werden.«

»Will der Weiße die nächste Richtung, ganz durch den Wald gehen, oder fünf Meilen um, über die Hügel – weit oben läuft ein gebahnter Weg!« sagte Bob.

»Oh unbedingt den nächsten Weg durch den Wald, wie weit ist es wohl?«

»Funfzehn Meilen – aber viel naß,« sagte der Indianer, und zeigte mit dem Finger gerade auf den Wald.

»Ich habe große Stiefeln an,« lachte Sechingen, »und wenn *Sie* sich nichts daraus machen« –

»Bob kann schwimmen,« erwiederte dieser lakonisch, schritt jetzt, ohne ein Wort weiter zu verlieren und die dünnen Baumwollenholzbäumchen auseinander biegend, durch diese hinweg und betrat, von dem Deutschen gefolgt, während sie die sandige, angewaschene Landzunge hinter sich ließen, den eigentlichen dunklen Wald.

Sechingen hatte vom ersten Augenblicke an, als er festen Grund und Boden unter den Füßen fühlte, die Doppelbüchse von der Schulter genommen und zum großen Ärgerniß Bob's, der fortwährend nach ihm hinschielte, beide Hähne aufgezogen, ging auch jetzt, stets im Anschlag, vorsichtig und aufmerksam umherspähend, hinter dem Indianer her, bis dieser endlich, trotz dem ihm angeborenen stoischen Gleichmuth, das Gefühl nicht länger ertragen konnte, in dem dichten Gewirre von Schlingpflanzen eine gespannte Büchse hinter sich zu haben, und von nun an neben dem jungen Mann blieb.

Die Sonne sank indessen mehr und mehr und verschwand eben hinter den gewaltigen Bäumen, nur noch hie und da einen der höchsten Wipfel mit ihrem rosigen Schein übergießend. Im Walde herrschte tiefe Stille, die nur selten durch das Quaken eines Frosches oder das Gezirpe einer Grille unterbrochen wurde; es war ein wunderlieblicher, entzückender Frühlingsabend, dem schönen Wald von Arkansas so eigenthümlich; dennoch aber schien sich der Herr von Sechingen dieses langersehnten Genusses nicht so recht zu erfreuen, oder wenigstens keine Zeit dafür zu haben, denn bald schlug er sich mit der flachen Hand auf die Stirn, bald in den Nacken, bald auf die andere Hand; oder nahm die Mütze ab, mit der er um sich herumschlug, und endlich blieb er gar in allem Unmuth stehen und rief aus:

»Wo kommen denn nur um Gotteswillen alle diese verwünschten Mücken her? das ist ja zum Rasendwerden.«

»Mücken?« sagte Bob, »was das? *Mosquitos* meint Ihr; nicht viele hier! mehr davon weiter vorne; aber lagern jetzt – gleich dunkel.«

Damit, ohne weiter eine Antwort seines Begleiters abzuwarten, warf er seine Decke und Kugeltasche ab, lehnte die Büchse an einen Baum und schlug Feuer, das er bald mit Hülfe des dürren Laubes zu einer Flamme anfachte, die, von trockenem Holz genährt, in wenigen Minuten zur hohen Gluth emporloderte.

»Hier also sollen wir bleiben?« sagte Sechingen etwas kleinlaut, indem er sich an dem Orte, auf welchem sie sich befanden, umsah, »ja – es wäre recht hübsch hier, wenn die verdammten Mücken nur nicht wären. Also *das* sind Mosquitos?« – fuhr er fort, als er eben wieder vier mit einem Schlage auf dem Rücken seiner Hand vernichtet hatte – »nun Gott sei Dank, es sind doch wenigstens genug von ihnen da, um sich abzulösen, wenn ein Theil satt oder müde werden sollte.«

»Fremder legt sich auf diese Seite vom Feuer, unter den Rauch – keine Mosquitos!« – bedeutete ihn Bob. Sechingen befolgte auch schnell den guten Rath, und fand sich hier, in dem weichen, gelben Laub, das mehrere Zoll hoch den Boden bedeckte, bald von seinen Quälgeistern verlassen, die durch den über ihm hinweggehenden Rauch verscheucht wurden. Bob schien sie gar nicht zu achten.

»Lieber ein Dach machen – kann regnen die Nacht,« sagte der Indianer jetzt.

»Regnen?« lachte Sechingen, »wo soll denn der Regen herkommen? es ist ja keine Wolke am Himmel?«

»Schadet Nichts,« meinte Bob – »Regenfrosch gutes Zeichen.«

»Ach nein – hier ist's herrlich,« betheuerte Jener, der, von seinen Plagegeistern für den Augenblick befreit, wieder das so lang gehegte und genährte romantisch wilde Sehnen in sich erwachen fühlte – »hier ist's so wundervoll, mit dem grünen Laubdach über uns, dem blauen sternbesäeten Himmel als Decke, und dem dunkelen, rauschenden Wald um uns her; wozu da noch ein Dach, was uns doch nur den Anblick des prachtvollen Firmamentes entziehen würde; kommen Sie hierher, Bob, legen Sie sich neben mich und erzählen Sie mir etwas aus Ihrem Leben.«

»Bob ist hungrig,« war die lakonische Antwort.

»Nun ja, da es einmal erwähnt wird,« meinte der Deutsche, »so wäre mir auch ein Bissen Warmes nicht so unerwünscht, ein Tasse Thee könnte besonders gar Nichts schaden.«

»Viel Thee im Wald,« sagte Bob.

»Thee? grüner Thee?«

»Gewiß grüner Thee – will der Weiße Thee haben?«

»Das wäre nicht so übel,« erwiederte Sechingen, »auf alle Fälle können wir es versuchen.«

Bob riß hierauf einen kleinen, neben ihm wachsenden grünen Strauch aus der Erde, wischte die Wurzel so rein als möglich mit seinem Jagdhemd ab, schnitt sie in dünne Spähne, that sie in den Blechbecher, den er an seiner wollenen Decke hängend trug, füllte diesen dann voll Wasser und setzte ihn auf die Kohlen.

»Und das wird Thee?« frug Sechingen ungläubig.

»Ahem,« war Bob's Antwort, der nur mit dem Kopfe nickte.

»Es ist aber doch sonderbar,« sagte der Deutsche nach einer wohl viertelstündigen Pause, in der er träumend zu den funkelnden Sternen hinaufgeschaut hatte, »daß wir jetzt schon über eine Stunde durch den dichtesten Wald gegangen sind, ohne eine Spur von Wild gesehen zu haben.«

»Sonderbar?« entgegnete die Rothhaut, »Bob hat drei Tage hier gejagt und keine Klaue gefunden.«

Das stimmte nun freilich nicht mit Charles Fischers Aussagen überein, doch blieb ihm für den Augenblick keine weitere Zeit zu ferneren Erörterungen, denn der Thee war fertig und wurde Sechingen dargereicht.

»Etwas Zucker und Milch wäre jetzt sehr an seinem Platz,« meinte dieser – »aber halt – ich habe ja Rum bei mir; der mag den Dienst versehen,« und aus einem kleinen Fläschchen, das er aus dem Jagdranzen nahm, goß er etwa ein Spitzglas voll in den Becher, und reichte die Flasche dann an Bob hinüber, der sie schon mit gierigen, verlangenden Blicken betrachtet hatte und jetzt einen langen, langen Zug that. Mit augenscheinlichem Widerwillen mußte er zuletzt absetzen, um Athem zu holen und Sechingen schob sie wieder in den Ranzen zurück. Der Thee war indessen etwas kühl geworden, – aber welch entsetzliches Gebräu.

»Pfui Teufel!« rief der junge Deutsche aus, indem er den Becher zurückschob und aufsprang. »Bob, das können Sie allein trinken, das schmeckt ja abscheulich.«

»Indianer trinkt nur Thee, wenn krank ist.«

»Ich bin aber nicht krank,« rief Sechingen.

»Ich auch nicht,« sagte Bob und begann mit großer Ruhe die Lederriemen aufzubinden, die seine Decke zusammenhielten.

»Daß mich auch der Böse plagen mußte, mit keiner Sylbe an Lebensmittel zu denken,« murmelte Sechingen ärgerlich vor sich hin, – »ich glaubte aber sicher, noch vor Dunkelwerden irgend ein Stück Wild erlegen zu können.«

»Bob kann warten,« brummte dieser und rollte die jetzt gelöste Decke auf.

»Nun so erzählen Sie mir wenigstens etwas,« bat ihn der Deutsche, »ich möchte gar so gerne einige Skizzen aus dem Leben der Indianer, von den Lippen eines Indianers hören, und da wir doch nun einmal im Wald sind, so lassen Sie mich auch einige Anekdoten von Ihren Jagden mit Büffeln oder Bären, von den Kämpfen mit anderen Stämmen, dem nächtlichen Überfall, dem Schlachtschrei und den genommenen Scalpen hören – was hilft mir denn der Wald und der Indianer, wenn wir schlafen wollen?«

»Weiß Nichts zu erzählen,« sagte Bob, indem er seine Decke nahe zum Feuer ausbreitete und dieses dann wieder von Frischem aufschürte – »habe nie einen Büffel gesehen und noch keinen Bären geschossen; – kam vor sechs Jahren von Georgien mit ganzem Stamm.«

»Und was haben Sie in den sechs Jahren getrieben? – Jagd?«

»Nein – Schuhmachen!«

»*Schuhmachen*?« frug Sechingen entsetzt – »Schuhmachen? ein Indianer – in Arkansas? aber Ihr Vater war doch ein Jäger und Krieger? fiel vielleicht in der Schlacht – in einem nächtlichen Überfall.«

»Mein Vater starb in Georgien an den Blattern – war ein Korbmacher.«

Bob schien jetzt zu glauben, daß er über sich und seine Familienangelegenheiten hinlängliche Auskunft gegeben habe, denn er rollte sich in die Decke, und war wenige Minuten später, wie sein lautes, regelmäßiges Athmen bewies, sanft eingeschlafen. Sechingen aber spießte, auf den linken Ellbogen gelehnt, mit seinem Genickfänger höchst mißvergnügt die vor ihm liegenden, gelben Blätter auf.

Er hatte sich Alles so romantisch gedacht – das Heulen der Wölfe, das Geschrei des Panthers, die Erzählungen eines rothhäutigen Kriegers von Jagden und Kriegszügen, und dazu das Rauschen des mächtigen Urwaldes – Ja! Der Urwald umgab ihn, in all seiner Pracht und Herrlichkeit, mit seinen Riesenstämmen und wild durchwachsenen Dickichten, mit den gigantischen Weinreben, die sich von Stamm zu Stamm schlangen, und im unzerreißbaren Netze die gewaltigen verbanden, den einzigen Laut aber, den er vernehmen konnte, war das Summen der Mosquitos, die, von der kühlen Nacht nicht eingeschüchtert, nach dem warmen Blute des Fremdlings lüstern, dessen Lager umschwirrten.

Höchst verdrießlich schob er sich endlich die Jagdtasche unter den Kopf, und wollte ebenfalls schlafen, als er, wie von einer Natter gestochen, wieder emporsprang, und nach der Büchse griff, denn dicht neben ihm – es konnte kaum zwanzig Schritte entfernt sein – vernahm er den sonderbarsten, wildesten Laut, den sich seine Phantasie nur je gedacht, nur je geträumt hatte.

»Huhu, huhu – – huhu, huhu – a – h!« tönte es so klagend, so schauerlich, daß er, sprachlos vor Jagdeifer und innerem Entsetzen, den Arm seines schläfrigen Gefährten ergriff, und den Ruhenden mit aller Macht schüttelte, während er dabei in der Rechten die schnell gespannte Büchse fertig zum Schuß hielt.

»Bob, – Bob, – Bob!« – flüsterte er dabei mit unterdrückter Stimme – »ein Panther – *Bob*!«

»Ein was?« rief dieser, und sprang schnell auf die Füße, ergriff seine Büchse und sah den Fremden groß an. »Wo? wo Panther?«

»Pst!« winkte Sechingen – »dort war's – gleich in dem Busch da – er muß auf einen Baum geklettert sein, mir kam es hoch vor.«

»Huhu, huhu – – huhu, huhu – a – h!« riefen die schauerlichen Töne auf's Neue, diesmal aber auf der entgegengesetzten Seite.

»Horch – horch – er hat uns umschlichen – erst war er hier.«

»Das der Panther?« frug Bob.

»Nun? was soll es sonst sein? ein Wolf steigt doch nicht auf die Bäume?«

»Eule!« sagte Bob, und legte sich wieder, ohne ein Wort zu verlieren, nieder.

»Teufel!« murmelte Sechingen ärgerlich vor sich hin, indem er den Hahn seiner Büchse in Ruhe setzte, »das nur eine Eule, und hat eine Stimme wie das stärkste, gewaltigste Thier.« Bob hatte aber ganz recht, es war wirklich eine Eule, die ihr einsames Nachtlied krächzte, und unwillig warf sich der in seinen schönsten Erwartungen Getäuschte in das gelbe Laub zurück.

Durch die ungewohnten Anstrengungen ermattet, schlief er lang und fest, sein Erwachen war aber ein sehr trauriges, unbehagliches, denn, als er von kalten Schauern durchschüttelt die Augen aufschlug, strömte von dem dunkelen, nur dann und wann durch einzelne grelle Blitze erhellten Nachthimmel der Regen in Fluthen hernieder, und fern grollender Donner murmelte seinen gewaltigen Segen dazu. Das Feuer war niedergebrannt und ausgelöscht, und tiefe Nacht umgab ihn.

»Bob?« rief er – »Bob! – Bob!« wiederholte er stärker und ängstlicher, als ihn auf einmal der Gedanke durchzuckte, sein rother Führer könne ihn im Stiche gelassen haben – »*Bob!*« – kein Bob antwortete und »*Bob*« schrie er jetzt in die Höhe springend aus Leibeskräften, daß er selbst vor dem dumpfverhallenden Nothruf zurückbebte, der gar so schauerlich in dem öden Walde wiederklang.

»Ja!« sagte der Wilde, der, nur wenige Schritte von ihm entfernt und in seine Decke gewickelt, unter demselben Baume mit ihm stand – »wir werden nassen Morgen bekommen.«

»Warum antworten Sie denn gar nicht? ich glaubte Sie wären fort. –«

»Und wohin!« frug Bob, »ein Baum so gut wie der andere – ich schlief!«

»Im Stehen?«

»Bob kann überall schlafen.«

»Was fangen wir denn jetzt um Gotteswillen an? ich bin durch und durch naß, und muß mich erkälten – wenn ich nur wenigstens eine Decke hätte.«

»Wenn der Weiße Bob's Decke haben will,« sagte gutmüthig der Indianer, – »so mag er sie nehmen, Bob kann ohne Decke naß werden.«

Sechingen schämte sich im Anfang, den armen Burschen seines fast einzigen Schutzes zu berauben, da der dünne Kattunlappen, den jener noch darunter trug, sicherlich als kein wärmendes Kleidungsstück angesehen werden konnte, doch überwog bald die Sorge um die eigene Gesundheit jede andere Bedenklichkeit, und fest in die, wenn auch etwas feuchte doch warme Umhüllung eingeschlagen, warf er sich wieder, die Waidtasche unter dem Kopf, an der Wurzel der alten Eiche nieder, deren Blätter ihnen, wenigstens jetzt noch, einigen Schutz gegen die immer stärker und stürmischer niedertobenden Schauer gewährten.

Bob kauerte sich dicht daneben, einen möglichst kleinen Raum einnehmend, zusammen und ließ den Kopf auf die Brust hinuntersinken, wachte aber, denn dann und wann lauschte er aufmerksam den Athemzügen des Weißen, ob dieser schlafe oder nicht, bis er sich endlich von dessen Bewußtlosigkeit hinlänglich überzeugt zu haben schien, und nun leise an ihn hinkroch.

Immer tobender raste indessen der Sturm, darum aber ganz unbekümmert, befühlte Bob mit vorsichtiger Hand und geräuschlosen Bewegungen die Waidtasche, und nach und nach, fast unmerklich seine Finger unter des Schlummernden Kopf bringend, gelang es ihm nach mehreren Minuten, die Flasche der Ledertasche zu entrücken.

Wäre es Tageshelle gewesen, so hätte man des Indianers Gesicht wohl ein triumphirendes Lächeln überfliegen sehen können, als er geräuschlos und mit geübter Hand den Kork abzog, so aber ward nur gleich darauf der leise, gluckende Laut gehört, wie der heiße erquickende Trank die Kehle des Durstigen hinunterglitt, und lange, lange sogen seine Lippen an dem engen Hals der Korbflasche. Endlich war auch der letzte Tropfen geleert, und Bob setzte, tief Athem holend, ab, versuchte dann zwar noch einmal, dem Boden einen vielleicht zurückgehaltenen Rest zu entziehen, die Nachlese fiel aber wenig ergiebig aus, und er bemühte sich jetzt, die entwendete Flasche wieder an ihren früheren Platz zurück zu schaffen. Um jedoch keinen unnützen Verdacht zu erregen, schob er sie vorsichtiger Weise verkehrt, mit der Öffnung nach unten, in die Tasche und ließ den Kork daneben in das Laub fallen, dann kroch er auf seinen alten Standpunkt zurück, und war bald ebenfalls, trotz stürmenden Unwetters und heulender Windsbraut, sanft und ruhig eingeschlafen.

Kalt und schaurig brach der Morgen an, die Gewitter hatten sich verzogen, aber schwere, dunkele Wolkenschichten schienen in an einander gepreßten Massen auf den Wipfeln der Bäume zu ruhen; ein feiner, dünner Regen stäubte nieder und einzelne Windstöße schüttelten in Schauern die großen Tropfen auf das fest an den Boden geschmiegte gelbe Laub hernieder.

Sechingen, obgleich schon seit längerer Zeit erwacht, fürchtete fast, sich in den naßkalten Falten der Decke zu bewegen, und lag regungslos in einander gekrümmt, bis es heller Tag geworden war; endlich ermannte er sich, sprang, die Hülle von sich werfend, auf die Füße, und schaute mit trostlosem, mattem Blick auf die ihn umgebende, keineswegs lächelnde Natur.

»Das also ist Urwald!« seufzte er leise vor sich hin, indem er einige der, trotz der kühlen Morgenluft auf ihn einstürmenden Mosquitos von sich abzuwehren suchte – »das ist Urwald? – eine sehr schöne Gegend – daß mich der Böse auch plagen mußte, dem Rath des Narren in Little-Rock zu folgen; der Indianer schläft dabei in seinem dünnen, baumwollenen Jagdhemd, als ob er im weichsten Federbett läge.«

Die Wahrheit zu gestehen, schlief Bob aber eigentlich nicht, sondern war schon, um sich zu erwärmen, seit einer Stunde hin- und hergelaufen, hatte sich aber, um wegen der Flasche nicht befragt zu werden, schnell wieder unter den Baum geworfen, sobald er das Munterwerden seines Marschgefährten bemerkte.

»Bob!« wollte dieser jetzt rufen, aber Du lieber Gott, keinen Ton brachte er aus der Kehle, der Hals war ihm wie zugeschnürt und er konnte sich selbst kaum vor Heiserkeit reden hören; nochmals versuchte er »Bob!« zu sagen, aber vergebens und seine Worte wurden zu einem kaum hörbaren Hauch. Er trat daher dicht neben den Indianer, und schüttelte diesen, bis er auf die Füße sprang und sich nun langsam, wie eben erst aus tiefem Schlaf erwacht, nach den Bäumen und Wolken umschaute.

»Wie weit haben wir noch bis zum nächsten Haus?« frug Sechingen jetzt mit seiner leisen, röchelnden Stimme.

»Könnt laut reden,« sagte der Indianer, das Schloß seiner Büchse abtrocknend und frisches Pulver auf die Pfanne streuend, »kein Wild hier, finden aber welches; dieser Morgen guter Jagdtag.«

»Ich *kann* nicht laut reden – ich habe mich ja erkältet,« flüsterte Sechingen ärgerlich.

»Erkältet!« rief verwundert die abgehärtete Rothhaut – »erkältet? was ist das?«

»Wie weit haben wir noch bis zum nächsten Haus?«

»Fünf Meilen!« sagte Bob.

»So lassen Sie uns wenigstens eilen, daß wir dort hinkommen, ich bin halb todt vor Hunger und Erschöpfung – Pest!« rief er aber zu gleicher Zeit, mit dem Fuße stampfend, aus, als er bei diesen Worten in die Jagdtasche gegriffen hatte, und die jetzt leere Flasche hervorzog, »auch das noch – ausgelaufen – bis auf den letzten Tropfen – die einzige, letzte Stärkung fort.«

»Wie schade!« sagte Bob, und sah traurig die Flasche an. Doch hier half kein weiteres Besinnen, beide Männer schulterten also ihre Gewehre, Bob hing seine alte, nasse Decke, die er jedoch vorher so gut wie möglich ausgerungen hatte, wieder auf den Rücken, und fort ging's auf's Neue in den Wald hinein, oder eigentlich, besser gesagt, im Walde fort, denn unbestreitbar waren sie darinnen.

Hier zeigte sich übrigens der Nutzen, den des Indianers Ortssinn, ein gewisser ihm angeborener Instinkt, dem Deutschen gewährte, denn ohne Jenen hätte er sich im Leben nicht wieder aus den Dickichten und Sümpfen herausgefunden, die, einander so ganz ähnlich, ihn nicht begreifen ließen, wie man in einem solchen Labyrinth eine wirklich gerade Richtung beibehalten konnte, ohne bei jeder Wendung irre zu werden. Immer unwegsamer wurde hier der Wald, häufiger und häufiger kreuzten sie schmale, kleine tiefe Bäche, und standen plötzlich an einem kleinen Flusse (oder einer *Slew*, wie es der Indianer nannte), der seine schlammigen Fluthen dem Fourche la fave zudrängte.

»Bob!« sagte Sechingen erschrocken, als dieser ohne weiter eine Sylbe zu äußern, hineintrat und durchwaten wollte, wobei ihm das Wasser bis unter die Arme reichte – »ist denn keine Fähre hier? wir sollen doch nicht mitten durch?«

»Ist der Weiße hungrig?« frug Bob, stehen bleibend.

»Sehr!«

»Und naß?«

»Durch und durch!«

Bob erwiederte nichts weiter, sondern badete gerade durch, während ihm die Fluth bis zu den Schultern stieg, und war in wenigen Minuten am anderen Ufer. Wehmüthig schaute ihm Sechingen nach, überzeugte sich aber bald, daß hier nichts Anderes zu thun übrig bliebe als zu folgen, denn allein zurück zu bleiben, ging doch auch nicht an. Das also, was er nicht zu durchnässen wünschte, als Brieftasche, Zündhütchen, Pulverhorn und Uhr in die Jagdtasche steckend und diese, nebst der Flinte, über dem Kopf haltend, trat er seine unfreiwillige Wasserfahrt an, kam auch glücklich hinüber, schüttelte sich hier, ließ das Wasser aus den Wasserstiefeln laufen, indem er sich auf den Rücken legte und die Beine an einem Baum in die Höhe reckte (im Anfang freilich etwas zu hoch) und folgte dann dem Führer, der schweigend voranschritt.

So großen Jagdeifer Sechingen aber beim Anfang ihrer Wanderung gezeigt hatte, so abgestumpft war er jetzt gegen alles ihn Umgebende geworden und schaute kaum vom Boden auf, um nicht fortwährend über die unzähligen, überall umhergestreuten Äste und Stämme zu stolpern und zu stürzen; die Flinte hing ihm, Hahn in Ruh und Sicherheit aufgesetzt, über die Schulter, die Mütze saß ihm tief in der Stirne und der einzige Laut, den er von sich gab, war dann und wann ein leise gemurmelter Fluch, wenn ihm die nassen Zweige in's Gesicht schlugen, oder sich sein Fuß, trotz aller Vorsicht und Aufmerksamkeit, in dem dichten Schlingpflanzengewebe fing, das an vielen Stellen den Boden wie mit einem festen Netze überzog.

Da blieb Bob plötzlich stehen und hob schnell und lautlos die Büchse an den Backen, und wie mit einem magischen Feuer durchgoß diese einzige Bewegung den Körper des bis jetzt in fast gänzlicher Apathie versunkenen Deutschen; blitzschnell riß er das eigene Gewehr von der Schulter und schaute, hochaufgerichtet, die Augen in dem alten, keineswegs erstorbenen Jagdeifer erglühend, spähend umher, das Wild zu entdecken, das der Indianer auf's Korn genommen. Aber erst, als er der Richtung von Bob's Büchse folgte, von deren Pfanne das Pulver schon zweimal abgeblitzt war, sah er einen stattlichen Hirsch, der ruhig äste und die Nähe zweier menschlichen Wesen gar nicht zu ahnen schien. Vor Eifer zitternd, hob Sechingen das Doppelrohr, das, noch mit guten, deutschen Zündhütchen versehen, dem Wetter Trotz geboten, und der Schuß krachte dröhnend durch den stillen Wald.

Hochauf sprang der Hirsch und setzte über einen, vor ihm liegenden Baumstamm, blieb dann aber augenblicklich wieder stehen, äugte verwundert umher, witterte zu gleicher Zeit die Feinde und sprang eben in ein benachbartes Dickicht, als ihm Sechingens Rehposten nachsausten. Wohl schüttelte er den schönen Kopf ein wenig, als ihm das Blei um's Gehör pfiff, unverletzt aber warf er den Wedel in die Höhe und war mit wenigen Sätzen verschwunden.

»Ich muß ihn getroffen haben,« rief Sechingen, der dem Anschuß in wilder Jagdlust zusprang; Bob folgte ihm jedoch sehr ruhig und bemerkte, die Fährten keines Blickes würdigend:

»Hirsch merkwürdig wohl, wenn er den weißen Fleck zeigt – weiße Mann Bockfieber!«

Gar sehr wider Willen mußte es sich Sechingen zuletzt selbst gestehen, daß er, auf kaum funfzig Schritt, mit beiden Läufen das Wild gefehlt habe, denn auch nicht ein einziger Tropfen Schweiß war auf dem Laube zu sehen. In hierdurch nicht gerade verbesserter Laune setzten also Beide, nachdem der Deutsche zuerst wieder geladen, ihren Weg weiter fort, und erreichten, nach etwa zweistündigem Marschiren, das Haus, von dem Bob gesprochen, und Sechingen mehr todt als lebendig, begrüßte mit freudigem Herzklopfen das trauliche, Schutz und Wärme versprechende Dach, aus dessen Lehmschornstein eine dünne, blaue Rauchsäule emporwirbelte.

Nachdem die beiden Männer zuerst noch eine niedere, die Wohnung umgebende Fenz überklettert hatten, näherten sie sich dem Gebäude, dessen Thür, nach Art all der andern fensterlosen Blockhäuser, offen stand, um Licht und Luft zu gleicher Zeit einzulassen, und betraten den inneren Raum, vor dessen breiten Kamin sie eine, dem Auge Sechingens wenigstens, sehr sonderbar erscheinende Gruppe versammelt fanden.

Es waren zwei Frauen und drei Kinder, die in malerischen Stellungen das Feuer umsaßen und umlagerten, und durch den Eintritt der Fremden in ihren verschiedenen Beschäftigungen weiter nicht gestört wurden, als daß die eine der Frauen, wahrscheinlich die Wirthin, mit ihrem Sessel ein wenig zur Seite rückte und sagte:

»Nehmt einen Stuhl!«

Nun wäre das zwar an und für sich schon eine recht freundliche Einladung gewesen, denn das Feuer flackerte mächtig und erwärmend mit rother Zunge die schwarz geräucherte Esse empor, wenn – nur ein Stuhl dagewesen wäre, vergebens schaute sich aber der Deutsche nach einem derartigen Möbel in dem kleinen Raume um, lehnte daher vor allen Dingen die Büchsflinte in die Ecke, legte die Jagdtasche daneben, welchem Beispiel der Indianer ohne weitere besondere Einladung folgte, und trat dann in den für sie freigemachten Raum an die linke Kaminecke.

»Nehmt den Stuhl!« sagte die Frau zum zweiten Male, und winkte dabei mit dem Kopf nach der gegenüber liegenden Ecke, aber kein Gegenstand, der auch nur die entferntere Familienähnlichkeit mit einem derartigen Hausgeräth gehabt, oder zu solchem hätte benutzt werden können, zeigte sich dem Auge; die Ecke war, ein schmales, langes Bret was darin lehnte ausgenommen, leer. Bob schien jedoch mit den Gelegenheiten der Wohnung und ihren Gebräuchen schon etwas besser bekannt, oder ein gewisser Instinkt mußte ihn leiten, denn kaum hatte er sich seiner nassen Decke entledigt, als er eben jenes Bret vorholte, dieses dann, dicht neben dem Kamin, zwischen zweien der die Wand bildenden Stämme hindurch, und auswendig unter den, zu diesem Zweck in einen Pfirsichbaum geschlagenen Pflock schob, und dem Deutschen mit der Hand zuwinkte, darauf Platz zu nehmen, was dieser denn auch nach einigen, etwas ängstlichen Versuchen zwar, befolgte, während Bob neben ihm stehen blieb und sich wie ein am Spieße steckender Braten, langsam vor der Gluth im Kreise herumdrehte, um seinem ganzen Körper einen gleichen Antheil von Wärme zukommen zu lassen. Bald stieg von ihren nassen Kleidern der feuchte Dampf wie eine Wolke zur Decke hinauf und drängte sich dort, durch aufgehangene Schinken und Speckseiten, in's Freie.

Die Beschäftigung der beiden Frauen zog jetzt, als das erste frostige Schütteln vorüber war, was Jeden erfaßt, der naß und kalt zu einem erwärmenden Feuer tritt, Sechingens neugierige Blicke auf sich. Die Herrin des Hauses saß nämlich auf einem kleinen Sessel, dem Feuer gerade gegenüber, hatte zwei Karden oder Wollkämme in der Hand, mit welchen sie die klargezupfte Baumwolle spinngerecht in lange Streifen rollte und nur dann und wann ihre Arbeit unterbrach, um eine kleine, kurze Pfeife aus dem Mund zu nehmen und den Kopf derselben, diese am Stiel fassend, durch die glühende Asche zu ziehen, wonach sie die dadurch herausgehobene kleine Kohle in die Höhe hielt, und in langen Zügen den verlöschten Tabak wieder zu entzünden suchte. In ihrem ganzen Wesen lag aber eine gewisse Reinlichkeit und Ordnung, die, mit dem freundlichen, offenen Gesicht der Matrone, einen höchst wohlthuenden Eindruck auf den jungen Deutschen machte, denn er war durch seine letzte Wanderung besonders empfänglich für alles Das geworden, was Behaglichkeit und häuslichen Sinn verrieth. Sie war sehr einfach, aber höchst sauber in selbstgewebte Stoffe gekleidet, und die größte Ordnung schien auch in dem kleinen, wenn gleich ärmlich ausgestatteten Raume zu herrschen, den sie bewohnte.

Keineswegs so günstig sprach ihn die Erscheinung der zweiten Gestalt an, deren Haar, nach Art der irländischen Frauen, in einem breiten Scheitel von dem rechten nach dem linken Ohr, quer über die Stirn hinüber gelegt war, und die durch ihre, nichts weniger als reinliche Kleidung auf eine um so auffallendere Art gegen die neben ihr sitzende Amerikanerin abstach. Ihr Anzug bestand aus grell buntem Kattun, der seine besten Tage schon gesehen hatte, und dessen große Pfauenaugen wehmüthig nach einer Stange Seife hinüber zu blinzen schienen, die auf einem kleinen Bretchen in der rechten Ecke des Zimmers ruhte. Sie kreuzte den einen Fuß über den andern und stützte sich mit dem linken Arm auf das rechte Knie, mit dem rechten Ellenbogen wieder auf den linken Arm, und paffte, ohne die eben Angekommenen weiter viel zu beachten, den Rauch aus ihrer kurzen Pfeife nach Herzenslust in den Kamin hinein.

Desto aufmerksamer wurden aber dafür die beiden feuchten Gäste von den drei Kindern beobachtet, deren ganzes, verwildertes, unsauberes Aussehen sie als der Irländerin (denn eine solche war der Gast) zugehörig bezeichnet hätten, wäre nicht diese stille Vermuthung Sechingens noch durch den unwiderlegbaren Beweis eines eben solchen Stückes Kattun, als Madame zum Kleid verwandt, bestärkt worden, das in verschiedenen spitzwinkeligen und dreieckigen Stücken die Kehrseite des jüngsten Kindes zusammenhielt.

Mit weit aufgerissenen Augen und Sprech- oder Schreiwerkzeugen starrten diese, nicht den Indianer, – denn dergleichen hatten sie schon genug gesehen, – sondern den, ihrer Meinung nach, viel wunderbarer bekleideten Deutschen an, und nur durch verschiedene Ermahnungen der Wirthin des Hauses – denn die eigene Mutter schien sich wenig oder gar nicht um sie zu kümmern – konnten sie zurückgehalten werden, sich immer wieder auf's Neue zwischen den Fremden und das diesem so höchst wohlthuende Feuer zu drängen.

Auf Sechingens Bitte um etwas Warmes zu essen und zu trinken, ließ die Amerikanerin jedoch augenblicklich mit freundlichem Eifer ihre beiden Beschäftigungen, Rauchen und Karden, im Stich und es dauerte gar nicht lange, bis ein Paar heiße Tassen Kaffee, nebst gebratenem Speck und schnell gebackenem Maisbrod auf dem rohen, aber blank gescheuerten Holztisch dampften, zu dem sich auch die Zwei nicht lange nöthigen ließen, sondern mit wahrem Heißhunger über die so lang und schmerzlich entbehrten Lebensmittel herfielen.

Sechingens verwöhnter Gaumen möchte freilich, unter anderen Verhältnissen, mit den vorgesetzten Gerichten schwerlich zufrieden gewesen sein; er befand sich aber gegenwärtig nicht in der Laune, lange zu betrachten und zu kosten, *was* er aß, so er nur überhaupt etwas zu verzehren hatte, und bald waren Teller und Schüssel leer und blank.

Während der Mahlzeit hatten die Frauen sich nicht weiter um die hungrigen Gäste bekümmert, als daß die Wirthin ihnen noch zweimal die schnell geleerten Tassen mit dem heißen, erquickenden Trank füllte; da sie aber jetzt gesättigt vom Tische aufstanden und wieder an's Feuer traten, fingen sie an, die mit Schnüren und Troddeln besetzte Pikesche des Deutschen zu bewundern, der, ihnen darin gern gefällig, sich von allen Seiten genau betrachten und die Arbeit daran untersuchen ließ.

Nun hatte aber Sechingen durch diese Aufmerksamkeit die moralische Überzeugung gewonnen, daß die beiden Damen von dem zierlichen Kleidungsstück ganz entzückt seien, und frug daher die Irländerin mit freundlicher Stimme, ob sie vielleicht im Sinne habe, ihrem Ehegemahl eine dieser ähnliche anzufertigen; die Frau rief aber verwundert:

»Meinem Manne, Sir? Gott segne Euch, für eine erwachsene Person eine solche Jacke? nein, aber ein hübsches Röckchen für das Jüngste gäb' es.«

Sechingen biß sich auf die Lippen und sah von der Seite den Indianer an; dieser schien jedoch in der Bemerkung nichts Auffallendes gefunden oder sie gar nicht beachtet zu haben, sondern nahm, als Zeichen des Aufbruchs, die Büchse wieder zur Hand, und nickte dem Deutschen zu.

»Was sind wir Ihnen für Ihre Güte schuldig?« frug also Sechingen jetzt, da es ihm nach dieser Äußerung nicht mehr so recht wohnlich bei den Leuten war.

»Oh ich weiß nicht« – entgegnete die Amerikanerin, »das Wenige, was ich Euch vorsetzen konnte, war gern gegeben und keiner Bezahlung werth. Wohnten wir hier an der Straße, dann wär' es etwas anderes, man kann nicht *alle* Reisende umsonst beherbergen, wenn man selbst arm ist und sich seine Lebensmittel schwer verdienen und erziehen muß, so aber mag's gehen. Wir sitzen hier mitten im Wald, und in Alabama, von wo wir herkommen, ist es auch nur an wenigen Stellen Sitte, daß man Bezahlung von Reisenden nimmt, also geht mit Gott, Ihr seid Nichts schuldig.«

Herzlich dankte ihr Sechingen, nicht allein für die gegebene Stärkung, sondern auch für die freundlichen Worte, und bedeutend gekräftigt und erfrischt, obgleich immer noch sehr durch die nassen Kleider belästigt, folgte der Deutsche seinem rothen Führer einen schmalen Pfad entlang, der sich von hier aus am Fuße einer jetzt erreichten niederen Hügelreihe hinwand und die Wanderer wenigstens dem niederen Sumpflande entzog, durch das sie bis dahin ihre Bahn hatten suchen müssen. Nicht viel Worte wurden zwischen Ihnen gewechselt, denn Sechingen spähte, da sie den etwas offeneren Wald betraten, scharf nach Wild umher, das der Führer jedoch wenig zu beachten schien, denn er schritt mit gesenkten und fest auf den Pfad gerichteten Blicken voran. Übrigens blieb des Deutschen Aufmerksamkeit höchst nutzlos verschwendet, denn kein einziger Hirsch, nicht einmal ein Truthahn, ließ sich sehen, und höchst mißmuthig und unzufrieden mit der ganzen amerikanischen Jagd warf er sich endlich die Büchsflinte wieder über die Schulter und schwur, daß – undankbarer Mensch – Charley Fischer ein – Aufschneider sei.

Nicht mehr weit hatten sie von da aus zu gehen, bis sie zu der kleinen Lichtung und Blockhütte kamen, die ihm von dem Indianer als die »deutsche Niederlassung« bezeichnet wurde, und hier lag wieder, wo Sechingen allerdings etwas ganz anderes erwartet hatte, ein solches unausweichbares Blockhaus vor ihm, das keineswegs dem von einer »*deutschen Niederlassung*« entworfenen Bilde glich; dennoch eilte er mit freudigen und lebhafteren Schritten darauf zu, denn er sollte ja jetzt Landsleute wiederfinden und durfte hoffen, nach der ausgestandenen Schreckensnacht seine Glieder in etwas stärken und erfrischen zu können.

Es ist aber eine eigene Sache mit den Deutschen in Amerika; in Arkansas, und überhaupt im fernen Westen, mag es noch angehen; selten bekommen sie hier einen Landsmann zu sehen, und freuen sich wirklich, wenn sie Einmal einem begegnen, der ihnen etwas Neues aus der Heimath erzählen kann. Anders, ach weit anders und weit trauriger ist es dagegen in den östlichen Städten, wo alle neue Einwanderer von den, sich schon dort befindenden Landsleuten als »Preisverderber und Eindringlinge« betrachtet werden, wo der schon etwas Amerikanisirte zu stolz ist, den früheren Freund *deutsch* anzureden, weil ein zufällig daneben stehender Amerikaner sonst sogleich wissen würde, daß er ebenfalls ein »Dutchman« wäre, und wo sich der Deutsche wirklich nur *deßhalb* mit dem Deutschen einläßt, um ihn, sobald sich eine Gelegenheit dazu finden sollte, tüchtig über's Ohr zu hauen und hinterher auszulachen. Das kannte v. Sechingen freilich noch nicht, ein ganz anderer Empfang wartete aber auch hier seiner, und mit offenen Armen und herzlichem, treugemeintem Gruß wurde er von dem biedern Deutschen Klingelhöffer, der in der einsamen Wildniß seine Wohnung aufgeschlagen hatte, empfangen.

Er war gerade beschäftigt gewesen Feuerholz zum Haus zu fahren, spannte jedoch augenblicklich aus und führte seine beiden Gäste in die kleine Hütte, um ihnen dort nach den ausgestandenen Strapatzen jede mögliche Bequemlichkeit gewähren zu können. Der Indianer war auch bald entschlossen, wenigstens für diese Nacht sein Quartier hier aufzuschlagen, und hing deshalb seine Decke ausgebreitet über die Fenz, damit sie der Wind, der jetzt recht scharf aus Nordwest zu blasen anfing abtrocknen könne, während Klingelhöffer, von Sechingen gefolgt, das Haus betrat, in welchem ihnen des ersteren wackere Hausfrau, freundlich grüßend, entgegen kam.

Vor allen Dingen mußte er nun seine nassen Kleidungsstücke ab und trockene anlegen, und bald vergaß er bei guter, nahrhafter Kost und neben einem erquickenden Feuer die überstandenen Mühseligkeiten und Entbehrungen.

Jetzt bekam er aber auch Zeit, das Innere der einfachen Hütte, in welcher die kleine Familie hauste, zu betrachten, und begriff in der That nicht, wie Menschen, die früher schon einmal an mehr und größere Bequemlichkeiten gewöhnt gewesen waren, hier und unter solchen Verhältnissen existiren konnten. Das Haus bestand, nach der gewöhnlichen Bauart des Landes, aus unbehauenen Stämmen, und die Spalten zwischen diesen waren, um den rauhen Nordwind abzuhalten, an dieser und an der Westseite mit lang gespaltenen Stücken Holz und Lehm ausgefüllt, dadurch eine feste und ziemlich warme, dem Klima wenigstens angemessene Wand bildend; die beiden anderen Wände jedoch ließen Licht und Luft ein, soviel nur durch die oft handbreiten Ritzen und Spalten einströmen konnten. In einer Ecke des Hauses standen zwei Betten, über denen ein langes Bret mit – einem seltenen Artikel in Arkansas – Büchern befestigt war, und an der gegenüber stehenden Wand befand sich ein anderer Gegenstand, den der Deutsche hier im Walde am wenigsten gesucht hätte und der auch von dem Indianer mit neugierig staunenden Augen betrachtet wurde: nämlich ein Fortepiano. Drei oder vier rohgearbeitete Holz- und Rohrstühle, der Tisch, dessen Platte ein früherer Kistendeckel bildete, und mehrere Kasten mit Schlössern und Fächern, auf denen das wenige Küchengeräth aufgestellt war, füllten den übrigen Raum, und Sechingen, als er das Alles eine Zeitlang betrachtet hatte, wandte sich endlich zu seinem Wirth, der eben wieder einen tüchtigen, lang gehauenen Hickoryklotz in's Feuer trug, und fragte, noch immer etwas schüchtern:

»Ist denn dieses wirklich der einzige Raum, den Sie mit Ihrer ganzen Familie bewohnen?«

»Nein,« sagte Klingelhöffer, »hier neben an steht noch ein kleines, sogenanntes Rauchhaus, wo wir unser Fleisch und Fett, die Kartoffeln, etwas zu Brod ausgesuchten Mais und andere zum Hausstand nöthige Sachen aufbewahren.«

»Und hier in diesem einzigen Zimmer wohnen und schlafen Sie?«

»Nun, ist das nicht genug?« lachte der Farmer, »da sollten Sie einmal hier sein, wenn Gerichtstag ist, und wir noch zwei oder drei Nachbarn und ein paar Advokaten zu bewirthen und unterzubringen haben, dann geht's freilich eng her.«

»Die schlafen doch nicht mit in diesem Hause?«

»Wo denn sonst? Alle mit einander.«

»Das ist ja aber ganz unmöglich!«

»Unmöglich?« lachte der Farmer, »unmöglich?« wiederholte er kopfschüttelnd – »das ist ein Wort, was wir hier in Arkansas nicht kennen; *unmöglich* ist gar Nichts auf der Welt, sobald es nur uns selbst und unser eigenen Bedürfnisse betrifft.«

»Sie Beide, mit Ihren drei Kindern (und die beiden Mädchen da draußen können kaum noch Kinder genannt werden), schlafen und wohnen wirklich fortwährend in diesem Zimmer? entbehren alle Bequemlichkeiten, die man sich sonst bei einem Wohn- und Schlafzimmer als *un*entbehrlich denkt, und existiren so gewissermaßen im Freien, auf offener Straße?«

»Ja, ja,« lachte Klingelhöffer, »und das ist noch gar nichts, jetzt haben wir doch Dach und Fach, werden nicht naß, wenn es draußen regnet, und können, wenn es kalt wird, ein Feuer anmachen, ohne dabei fürchten zu müssen, daß uns der Wind die Funken und Kohlen über das Bettzeug wegtreibt, wie das im ersten Winter der Fall war, wo wir hierher zogen und ich das Haus erst aufbauen mußte. Meine arme Frau war noch dazu damals krank und mußte viel, sehr viel ausstehen. Doch was man gern thut, wird Einem auch leicht, und wenn wir viel, ja fast Alles von dem entbehren müssen, an das wir im alten Vaterlande gewöhnt oder durch das wir *ver*wöhnt waren, so drückten uns auch keine von den Sorgen, die wir dort kannten; wir arbeiten Beide, und dafür vermehrt sich auch unser Wohlstand und ich bin jetzt schon im Stande, das nächste Jahr ein bequemeres und geräumigeres Wohnhaus aufzuführen; bis dahin muß dies freilich noch ausreichen.«

»Ja, daß *Sie* das Alles mit leichtem Muth ertragen können,« rief Sechingen »finde ich sehr begreiflich! des drückenden europäischen Zwanges enthoben, fühlt sich der Mann, auch wohl unter schlimmeren Verhältnissen, kräftig genug, Alles zu bestehen und zu überwinden, was ihm hemmend in den Weg tritt. Die schwache Frau aber, zarte Kinder, in solcher Wildniß, den rauhen Stürmen der Jahreszeit, all den Entbehrungen eines Lebens auszusetzen, das doch nur eigentlich für einen Indianer passend scheint, da – da weiß ich denn doch nicht, ob ich so etwas über's Herz bringen könnte. Wenn nun die Frau krank wird und das Heimweh bekommt, und sich ewig und ewig fortsehnt, zurück nach den verlassenen, glücklicheren Verhältnissen?«

»Lieber Herr von Sechingen,« entgegnete ihm freundlich Klingelhöffer, indem er seine Hand ergriff, »wenn die Frau ihren Mann recht herzlich lieb hat, dann wird sie sich schon nicht von ihm fortsehnen, weil sie Bequemlichkeiten entbehren muß, an die sie früher gewöhnt war, im Gegentheil wird sie bei ihm bleiben wollen und alles das, was er ertragen muß, Freude wie Leid, *mit* ihm tragen, wie es *meine* Frau gethan; hat sie ihn aber *nicht* so recht von Herzen lieb, dann bleibt sich's auch ziemlich gleich, wo er seinen Leidenskelch leert, in der Stadt, oder im Walde. Mein liebes Weib hier ist nun einmal an mich und meine Laune gewöhnt, Gewohnheit thut viel, sie möchte mich nicht mehr entbehren, nicht wahr, Alte? und da harren wir denn schon hier im Walde zusammen aus.«

Er reichte bei diesen Worten der lächelnden, jungen Frau die Hand hinüber, und diese erwiederte den herzlichen Druck und lehnte sich vertrauend mit ihrem Köpfchen an seine Schulter.

»Ja, das ist Alles recht gut,« meinte Sechingen kopfschüttelnd – »Sie Beide haben sich lieb, wie sich Eheleute haben sollten, und können durch Sparsamkeit und Fleiß leicht ihr Auskommen, selbst in den widerwärtigen Verhältnissen finden; *warum aber?* ich bin fest überzeugt, daß Sie das auch im alten Vaterlande ermöglichen würden, und viele Genüsse des Lebens kennen Sie hier nur dem Namen nach, die dort eine natürliche Folge Ihres ganzen Wirkens wären.«

»Noch kennen Sie unser *Land* nicht,« erwiederte ihm der Farmer freundlich – »Sie sind gewissermaßen erst *eine* Nacht in Amerika, denn den kurzen Aufenthalt in einem der besten Hotels von New-Orleans, wie die kurze Reise auf bequemem, selbst mit jedem Luxus ausgestatteten Dampfboot, dürfen Sie gar nicht rechnen; lernen Sie also das Land erst ordentlich kennen, und ist das geschehen, dann wollen wir weiter über dieses Kapitel reden; davon aber sein Sie überzeugt, daß es gewaltige Vortheile sein müssen, die im Stande waren, einen Deutschen zu bewegen, seinem Vaterlande für immer zu entsagen.

Nicht alle Menschen lernen übrigens diese Vorzüge einsehen, und viele von diesen schleppen dann entweder ein unglückliches Leben in dem fremden, freundlosen Lande hin, oder sie kehren in die alte, aus Unmuth oder Veränderungssucht verlassene Heimath zurück; keiner aber, der Sinn für Freiheit und Unabhängigkeit in sich trägt, wird, wenn ihn nicht Familienbande unaufhaltsam dorthin ziehen, weniger erbärmlicher, leicht zu entbehrender Bequemlichkeiten und Luxusartikel wegen den freien Wald wieder mit den Ketten des alten Vaterlandes vertauschen. Thät' er es aber doch, schmiegte er sich bloß deshalb wieder unter das, einmal gemiedene Joch, flög' er wieder in den goldenen Käfig zurück, weil er sich nicht gern im Walde, in Sturm und Regen sein Futter selbst sucht, nun dann ist das kein Verlust für Amerika, solche Leute gehören auch nicht in den Wald, sie sind Futter für Bälle und Theater.«

»Ich weiß nicht,« meinte Sechingen kopfschüttelnd, »man braucht gerade kein Anhänger von Üppigkeit und Wohlleben zu sein, und mag doch die Überzeugung haben, seine Zeit nützlicher und angenehmer verbringen zu können, als im Walde bei einem Gewitterschauer. Mir zum Beispiel ist die Kehle wie zugeschnürt, und ich werde die Erkältung in vierzehn Tagen nicht wieder los.«

»Glaub's wohl,« lachte Klingelhöffer, »Sie sind aber auch gleich mit dem Kopf zuerst in das Schlimmste hineingefahren; was uns hier im Walde passiren kann: Kälte, Hunger und Nässe auszustehen, ist ein freilich etwas großer Abstand gegen die reich besetzte Tafel und das warme Bett eines Dampfbootes. Doch jetzt sollen Sie, wie ich hoffe, auch einige von den Annehmlichkeiten unseres Wald- und Farmerlebens kennen lernen, und wenn diese Sie dann nicht ganz mit unserer rauhen Heimath aussöhnen, so werden sie wenigstens viel dazu beitragen, Ihnen das Leben hier nicht allein von seiner Schatten-, sondern auch von seiner Lichtseite zu zeigen. Es giebt auch im Urwald glückliche Menschen.«

»Der Urwald verliert aber doch sehr in der Nähe,« erwiederte Sechingen, als er durch eine Spalte der Wohnung hinaus auf die, von grauen, nassen Regenwolken überhangenen Baummassen blickte, während der Wind, unheimlich pfeifend, durch ihre Wipfel brauste und ihnen die großen, klaren Tropfen aus den schwankenden Häuptern schüttelte, »ich hatte mir in mancher Hinsicht ein anderes Bild davon entworfen.«

»Sie hatten nicht daran gedacht,« fiel ihm sein freundlicher Wirth lachend in's Wort, »daß die gewaltigen, stattlichen Bäume auch im Sumpfe stehen, oder gar quer über den Weg hin liegen könnten, und dann die Passage eher versperren, als verschönern, daß nicht allein das romantische Geheul der wilden Thiere, sondern auch das sehr prosaische Gesumme der Mosquitos den Wald erfüllt, und daß sich eine Landschaft, wo der Sturm auf den Flügeln der Windsbraut die Fläche durchsaust, wo tolle Regengüsse aus den Wolken niederfluthen und trockene Wege zu Bächen und Bäche zu Strömen werden, sehr hübsch und interessant auf der Leinwand, keineswegs angenehm aber im wirklichen Leben, in der nüchternen hausbackenen Wirklichkeit ausnehmen. Ja, das geht Manchem so, das giebt sich aber, und zuletzt lernen wir selbst die Unannehmlichkeiten eines wilden Lebens lieb gewinnen. Sehen Sie aber, wie sich der Indianer das Fortepiano betrachtet, eine solche Maschine hat er im Leben noch nicht gesehen, ich werde ihm etwas vorspielen.«

Damit trat der Farmer zu dem Clavier, öffnete es, und präludirte ein wenig; gar wunderbarer Weise hatte sich auch das Instrument, einige Töne abgerechnet, noch ziemlich gut in Stimmung erhalten, trotz der feuchten Luft, der es fortwährend ausgesetzt war. Der Deutsche ging also nach einigen schnell gegriffenen Akkorden zu einem leichten Walzer über, und das Erstaunen Bob's, der vom Öffnen des Instrumentes an bis jetzt, starr von Überraschung und Verwunderung gestanden hatte, erreichte nun seinen höchsten Grad. Bei den immer schneller und munterer folgenden Tönen heiterten sich aber auch seine dunklen, bis jetzt fast ausdruckslos gewesenen Gesichtszüge auf, und ein Paar Reihen Zähne wurden sichtbar, die an Weiße dem frischgefallenen Schnee nichts nachgaben. Endlich schloß Klingelhöffer, und vom Stuhle aufstehend, klopfte er dem Indianer auf die Schulter und frug: »wie das klänge?«

»*Bless my soul*,« sagte dieser, noch immer das früher nie gesehene, wunderbare Gestell betrachtend – »eine große Violine mit Zähnen und Beinen wie ein Bär, die das Maul aufmachen kann – Bob hat noch nie so ein Ding gesehen!«

»Und wie gefällt es Dir?«

»Gut – unmenschlich gut!« sagte Bob, indem er den Mund von einem Ohr bis zum andern zog.

»Sehen Sie, hier haben Sie gleich eine Naturbeschreibung des Fortepianos,« lachte der Farmer, »der Bursche wird Wunderdinge davon erzählen, wenn er wieder nach Little Rock kommt; aber apropos, da wir von Little Rock reden, wo haben Sie denn Ihre Sachen gelassen, etwa dort?«

»Ja, bei Charles Fischer.«

»Nun da stehn sie ziemlich sicher, sonst ist dem Neste gerade nicht viel zu trauen; ich habe allen Respekt vor dieser Hauptstadt von Arkansas.«

»Haben Sie von dem Staat eine eben solche Meinung, als von der Stadt?«

»Dann blieb ich hier nicht wohnen, nein, ich halte Arkansas für den besten Staat der Union, das heißt, er ist mir der liebste, ich möchte in keinem anderen wohnen, und hoffentlich werden Sie dasselbe sagen, wenn Sie erst einmal im Lande umhergestreift sind und die verschiedenen Gegenden selbst besucht haben. Wohin gedenken Sie sich von hier aus zu wenden?«

»Aufrichtig gesagt,« erwiederte ihm Sechingen, »so hatte ich nach dem, was ich von Herrn Fischer in Little Rock gehört, große Lust, mir irgend ein Stück Land in dieser Gegend auszusuchen, und mich darauf niederzulassen. Es ist dieß die Ursache, weßhalb ich nach Amerika ausgewandert bin, ich – ich hatte ein so gewaltiges Sehnen nach dem –nach dem Urwald; seit letzter Nacht hat sich das freilich bedeutend gegeben, und ich möchte doch nun erst die hiesigen Verhältnisse ein wenig genauer kennen lernen, ehe ich mich bleibend festsetze. Ist es Ihnen also recht, mein bester Herr Klingelhöffer, und fall' ich Ihnen nicht zur Last, so bleib ich ein paar Tage bei Ihnen, wir durchziehen dann die Nachbarschaft ein wenig, und ich kann mich im Laufe dieser Woche fester und genauer bestimmen.«

»Von Herzen gern,« sagte der wackere Farmer, ihm die Hand reichend, »Sie sind mir so willkommen, wie die Blumen im Mai, und sehen Sie sich das Land erst einmal an, dann gefällt es Ihnen auch. Wie wär's, wenn wir Ihre Sachen indessen von Little Rock heraufkommen ließen? Das nächste Dampfboot kann sie bis Bakers Landung am Arkansas bringen, und dort holen wir sie in nächster Woche mit meinem Canoe ab.«

»Wo aber soll ich bei Ihnen schlafen?« frug Sechingen mit komischem Ernst, indem er sich überall im Hause umsah – »wenn Ihre Frau und Töchter –«

»Thorheiten,« lachte Klingelhöffer – »das fällt hier alle Tage vor, wir machen Ihnen ein Lager auf der Erde – ein wenig hart wird's sein, doch daran müssen Sie sich gewöhnen; ein Jäger darf überhaupt nicht so sehr viele Bedürfnisse haben.«

»Jagen Sie viel?«

»Nein, sehr selten, ich bin kein großer Freund mehr davon.«

»Es ist wohl viel Wild in der Gegend?«

»Ja, ziemlich viel Hirsche und Truthühner!«

»Auch Bären, nich wahr?«

»Dann und wann kommt uns einmal so ein alter Bursche zwischen die Schweine, doch sind wir in solchem Falle schnell mit den Hunden dahinter her, und fangen ihn entweder, oder treiben ihn doch wenigstens aus der Nachbarschaft.«

»Dann und wann?« frug Sechingen sehr erstaunt, »aber Charles Fischer hat mir ja gesagt, daß sie hier fast nur von Bärenfleisch lebten.«

»Dann müßten wir bald genug verhungern,« lachte der Farmer. – »Speck und Maisbrod, das ist die Kost, selten einmal Hirsch- oder Truthahnfleisch, denn Bären fangen an zu den Seltenheiten zu gehören – ich habe in den sechs Jahren, die ich hier bin, erst drei geschossen.«

»So hat Fischer also wohl auch mit dem Anpreisen des Landes nicht die Wahrheit gesagt?« meinte schon etwas kleinlaut der junge Deutsche.

»Das steht auf einem anderen Blatt!« rief der Farmer – »davon sollen Sie sich auch selbst überzeugen, denn wenn er nicht fürchterlich aufgeschnitten hat, so werden Sie Ihre Erwartungen eher noch übertroffen finden. Außerdem ist dieß eine Erfahrung, die Sie ebenfalls in Amerika machen müssen: jeder Farmer preist *die* Gegend, in der er selbst lebt, am meisten, und ich sehe nicht ein, warum ich mich allein davon ausschließen sollte, da ich noch dazu das gute Recht und vollkommene Ursache auf meiner Seite habe. Aber wie ist's? wollen wir an Charles nach Little Rock schreiben, daß er die Sachen heraufschicken soll? Der Indianer könnte den Brief mitnehmen?«

Sechingen blickte unentschlossen vor sich nieder; er hatte sich das Leben im Walde doch ganz anders gedacht – sollte er hier – in einer solchen Wildniß von jedem Verkehr mit civilisirten Menschen abgeschnitten (ein oder zwei Nachbarn höchstens ausgenommen) förmlich versauern? – sein Geld an todtes, mit ungeheueren Bäumen bewachsenes Land wenden, das er vielleicht nachher nicht einmal bebauen konnte? –

»Hm« – sagte er nach ziemlich langer Pause – »ich weiß doch nicht – wenn ich nun wieder zurückginge nach Little Rock, so« –

»Ja, wenn Sie darüber noch nicht mit sich im Reinen sind,« unterbrach ihn schnell der Farmer, »dann lassen Sie's lieber beim Alten – ich sehe schon wie's steht – die Sachen mögen also unten bleiben und gefällt Ihnen unsere Gegend gut genug, ei nun, dann wird auch Rath werden, die paar Habseligkeiten mit Allem, was ein Farmer hier sonst noch im Walde brauchen könnte, heraufzuschaffen. Morgen sollen Sie ein Stück von unserer Gegend kennen lernen, und daß ich Ihnen nicht das schlechteste zeigen werde, darauf mögen Sie sich ebenfalls verlassen.«

Der Indianer, der indessen mit Speise und Trank und einem tüchtigen Glase Whiskey hinlänglich gestärkt war, von Sechingen auch die Bezahlung für seine Mühe empfangen hatte, rollte nun die an dem Feuer getrocknete wollene Decke wieder zusammen, in deren Falten er vorher noch ein paar, nicht unansehnliche Stücke Maisbrod und Speck barg, warf einen letzten, sehnsüchtigen Blick nach der, wieder auf das Wandbret gestellten grünen Flasche hinauf, murmelte einen kurzen Abschiedsgruß und schlug bald darauf den schmalen, an der Fenz hin führenden Fußpfad ein, der der Countystraße zulief. Über die Berge hin war er so im Stande, Little Rock trockenen Fußes zu erreichen.

Sechingen sah sich bald häuslich eingerichtet, und wider alles Erwarten wurde sein, wenn auch etwas hartes Nachtlager, so vortheilhaft, und selbst dem verwöhnten Körper des Europäers genügend hergestellt, daß er – vielleicht auch noch durch die ungewohnten Anstrengungen mehr als je ermüdet – sanft und ruhig bis zum nächsten Morgen schlief, und sich bei seinem Erwachen zum ersten Male gestehen mußte, es sei doch eigentlich recht wenig, mit dem ein Mensch glücklich und zufrieden leben könne, wenn er nur mit sich selbst im Reinen und ein freier Mann, seinem freien Willen auch frisch und fröhlich folgen dürfe.

Ein nach amerikanischer Art zubereitetes Frühstück wurde jetzt verzehrt, und Sechingen glaubte, daß sie gleich nach Beendigung desselben aufbrechen wollten; Klingelhöffer hatte aber die Absicht, seinem Gast, ehe er ihn auf das Land selbst führe, auch die Schwierigkeiten zu zeigen, die eine Urbarmachung desselben mit sich bringe. Unter dem Vorwande also, noch Feuerholz schlagen zu müssen, nahm er den jungen Mann etwa hundert Schritte mit in den Wald, zeigte ihm eine, hier unter jenen Stämmen keineswegs stark aussehende Eiche von circa drei Fuß im Durchmesser, und bat ihn, »den kleinen Stamm,« da er das doch Alles lernen müsse, einmal zu fällen, er wolle dann in einem Viertelstündchen wiederkommen, um ihn abzuholen.

Von Sechingen, der sich lange danach gesehnt, einmal seine Kraft an den Riesen des Waldes zu versuchen, griff freudig nach der schweren Axt, und seine Schläge – als ihm der Farmer erst gezeigt hatte, wie er das Werkzeug am vortheilhaftesten halten müsse – suchten sich bald ihr Echo in den nahen Hügeln.

Klingelhöffer, der wohl gemerkt, daß dem jungen Mann die Romantik des Waldlebens noch zu sehr im Kopfe lag, und der ihn daher gern zu der derben, hausbackenen Wirklichkeit zurück führen wollte, schritt, still vor sich hinlächelnd, dem eigenen Hause wieder zu. Was er aber vorausgesehen, traf auch und zwar in sehr kurzer Zeit ein; Sechingen hackte allerdings eine ziemliche Weile an dem gewaltigen Baum herum, das zähe Holz wollte jedoch seinen ungleich geführten Hieben nicht weichen, nur hie und da sprang ein, durch einen Kreuzhieb gelöstes Spänchen ab und er mußte sich endlich – todesmüde und die Hände voller Blasen – gestehen, das Wort *urbarmachen* klänge wohl ausgezeichnet und nehme sich auch sehr schön auf dem Papiere aus, passe jedoch in der Wirklichkeit ganz und gar nicht für ihn. So viel sah er ein, und wenn er den ganzen Tag hier stehen geblieben wäre – den Baum hätte er doch nicht umgebracht.

Klingelhöffer fand ihn ziemlich verstimmt am Fuß der Eiche sitzen, und so versunken schien er im Anblick seiner Blut unterlaufenen Hände, das er den Kommenden gar nicht hörte, bis er dicht neben ihm stand. Dieser aber suchte ihn nun auch über das noch nicht Glücken und Vorwärtsschreiten der Arbeit zu trösten und meinte, »es fiele kein Meister vom Himmel und gut Ding wolle Weile haben – solche Arbeit fände ein Jeder schwer, der erst in den Wald zöge, und selbst Leute, die ihr Lebelang Nichts gethan hätten als schwere Werkzeuge geführt, müßten sich an die Führung der Axt gewöhnen, ehe sie im Stande wären, etwas Tüchtiges zu leisten – er solle deshalb auch ja nicht muthlos werden, denn Lust zur Sache sei halb gewonnen Spiel, und wenn ein Mann einmal recht ernstlich *wolle*, so könne er es auch durchführen, trotz allen Schwierigkeiten und Hindernissen.«

Das waren eine Menge Thatsachen und unbestreitbare Wahrheiten, die Sechingen nicht gut wegläugnen konnte, das harte Eichenholz stand aber auch wieder auf seiner Seite als ein *unfällbarer* Beweis, und nur froh, für jetzt durch eine gute Ausrede der fatalen Arbeit enthoben zu sein, folgte er seinem freundlichen Wirth zum Haus, bestieg eines von den Pferden und ritt nun mit ihm in den Wald hinein.

Jetzt aber hatte auch das heitere Sonnenlicht all die dunklen, trüben Regenschatten verscheucht und seine behebenden Strahlen fielen frisch und fröhlich durch die glänzenden, glizernden Blätter der leise rauschenden Wipfel zur Erde nieder – der ganze Wald duftete so lieblich, der klare Himmel hing so rein und lächelnd über der wunderschönen Welt, daß Sechingen schon fast die überstandenen Mühseligkeiten vergaß und endlich auch seinem Begleiter nicht länger verschweigen konnte, welchen so ganz verschiedenen Eindruck der Urwald *gestern* und *heute* auf ihn gemacht habe.

»Das alte Lied,« lachte dieser, »bei trübem Wetter sehn wir auch die ganze Welt mit trüben Gläsern an, und scheint dann die liebe Sonne und zwitschern die muntern Vögel ihr Lied dazu, dann hängt der Himmel gleich wieder voller Geigen. Wir wollen die Mittelstraße wählen – ja – es ist schön hier im freien Wald, so schön, daß ich glaube, das Herz würde mir brechen, müßt ich ihm einmal wieder ade sagen, aber – er hat auch seine großen Schattenseiten, von denen Sie bis dahin allerdings erst *sehr* wenige kennen gelernt haben. Vollkommen ist jedoch Nichts auf der Welt, und so lange die guten Eigenschaften nicht von den bösen überdeckt werden, ei nun, so lange dürfen wir uns dann auch nicht sonderlich beklagen. Jetzt sehen Sie sich das Land erst einmal ordentlich von allen Seiten an, und dann können Sie sich nach bestem Urtheil frisch und frei entschließen, was Sie zu thun beabsichtigen.« –

Mehrere Stunden lang ritten die Beiden im Wald umher und Klingelhöffer gab sich besondere Mühe, dem neuen Ankömmling die verschiedenen Landarten und die Vegetation, durch welche sie sich unterscheiden, zu zeigen; dieser aber, der sich in seinem ganzen Leben noch nicht um Land oder Ackerbau bekümmert hatte, widmete dem Gegenstand keineswegs die Aufmerksamkeit, die er verdiente, und die jener zu finden erwartete, sondern sah sich jetzt vielmehr fortwährend nach Wild um und kam dadurch nicht selten in die unangenehmsten Berührungen mit vorstehenden Ästen und niederhängenden Schlingpflanzen. Dabei übersprang sein kleines muthiges Pferd alle Augenblicke vor ihnen liegende Stämme und Äste, oder Wassergräben und Sumpflöcher, und brachte den Reiter mehrere Male sogar aus allem Gleichgewicht, daß er sich kaum noch im Sattel erhalten konnte.

Die Mittagszeit rückte so heran, noch immer aber machte Klingelhöffer keine Anstalt heimzukehren, denn er behauptete, und auch ganz mit Recht, sie wären nun doch einmal draußen im Wald und es sei nicht allein für den Fremden gut, das Land und die Vegetation kennen zu lernen, sondern er selbst wolle auch die Gelegenheit gleich benutzen, nach seinem Vieh zu sehen, das hier in der Nähe seine Weideplätze hätte, denn apart deswegen hierherzureiten, nähme ihm zu viel Zeit weg.

Sechingen hatte nach und nach einen merkwürdigen Hunger bekommen, und die Glieder schmerzten ihn ebenfalls von der so ganz ungewöhnlichen

Bewegung, Klingelhöffer schien aber von dem Allen Nichts zu spüren, ritt durch tiefe Gräben, die steilen Ufer hinab und herauf, wich keinem Dickicht aus, gallopirte an Stellen, wo Sechingen lieber abgestiegen wäre und das Pferd geführt hätte und zeigte sich hier in dem wilden pfadlosen Walde so zu Hause, als ob er in seiner eigenen Stube umherginge.

Da – er hatte eben davon gesprochen, den Heimweg anzutreten, und der müde Reiter athmete schon hoch auf – schlugen nicht weit von ihnen entfernt die Hunde an und der Farmer, sich hoch dabei im Sattel emporrichtend, horchte den, ihm so wohl bekannten Tönen mit der gespanntesten Aufmerksamkeit. – Mehre Secunden lang war jetzt Alles still – da plötzlich ertönte der Lärm auf's Neue und der Farmer, der jetzt wußte, daß seine Hunde irgend etwas im Walde gestellt oder wenigstens aufgejagt hatten, fühlte im Nu den alten Jagdeifer in sich erwachen.

»Hurrah!« rief er, und wandte sich im Sattel nach seinem Begleiter um – »die Hunde sind fleißig, wir wollen die Pferde einmal laufen lassen, das Bischen Bewegung wird ihnen Nichts schaden.« Und ohne weiter eine Antwort abzuwarten, drückte er dem eigenen Thiere die Sporen in die Seite und dieses, der Aufforderung nur zu gern Folge leistend, flog in muthigen Sätzen der Richtung zu, aus der das Bellen und Toben der Hunde jetzt immer deutlicher zu ihnen herüberschallte. Sechingen mußte, wollte er hier nicht allein im fremden Wald zurückbleiben, folgen und sein eigenes Pferd, das schon ungeduldig den Kameraden hatte davon galopiren sehen, fühlte kaum den leichten, fast unwillkührlichen Schenkeldruck, als es fröhlich wiehernd hinten ausschlug und nun in tollen, unaufhaltsamen Sätzen den Spuren des Vorangegangenen folgte.

Nun war Sechingen zwar ein geübter Reiter, und saß besonders schön und kunstgerecht im Sattel, verstand auch die Behandlung eines zugerittenen Pferdes aus dem Grunde, durch solch wildverwachsenen Wald aber zu gallopiren und noch dazu mit allem möglichen Schieß- und Jagdgeräth behangen, das war mehr als er je versucht hatte, und bald blieb er mit dem locker befestigten Pulverhorn, bald mit dem Griff seines Hirschfängers, bald mit dem Gewehrriemen in den Zweigen und Schlinggewächsen hängen, und endlich wurde er gar bei einem schnellen Seitensprung des Pferdes, das einer vor ihm liegenden Schlange auszuweichen suchte, unter einen vorragenden Ast gerissen und – mit Blitzesschnelle aus dem Sattel gestreift. »Das Roß, des Reiters ledig,« schien weiter gar keine Notiz von ihm zu nehmen, und von Sechingen befand sich bald darauf, als auch das Bellen der noch fernen Hunde nachgelassen hatte, mitten im Wald, ohne Weg, ohne Steg – jeder Richtung, jeder Himmelsgegend unkundig – allein.

Eine volle Stunde wohl irrte er jetzt, mit immer steigender Angst und jenem entsetzlichen beengenden Gefühl, das sich stets des Verirrten bemächtigt, in der Wildniß umher – seine feine Tuchpikesche war in den scharfen Dornen zerrissen, die Pulverhornschnure abgesprengt und das Pulverhorn verloren, den Hirschfänger hatte ebenfalls wahrscheinlich irgend eine Ranke erfaßt und herausgerissen – die Scheide hing ihm leer an der Seite – die Mütze mochte Gott weiß wo sein, Gesicht und Hände bluteten ihm und die Rippen thaten ihm alle mit einander im Leibe weh. Erschöpft warf er sich endlich unter einer alten Eiche nieder – er konnte nicht mehr vorwärts, er *mußte* erst ausruhen.

»Und hier soll man den Urwald sehen?« rief er endlich in vollem Unmuth aus – »hier wo man den Kopf nicht heben darf, ohne mit dem Gesicht in irgend einem verwünschten Dornenbusch hängen zu bleiben – und die Bäume – großer Gott, es nähme ja ein Lebensalter, um nur ein halbes Dutzend von diesen Kolossen umzuwerfen; und dann ist die Erde hier so mit Wurzeln verwachsen, daß man kaum einen Stock hineinstoßen, geschweige denn einen Pflug hindurchziehen könnte. Nein – ich passe nicht zu solchem Geschäft – ich habe mir das viel romantischer gedacht. Blüthenbäume – blumige Ranken – duftenden Wald – zum Himmel strebende Riesenstämme – hol' sie alle mit einander der Teufel – ich will Gott danken, wenn ich erst wieder an einem gedeckten Tisch sitze, und eine heiße Tasse Kaffee trinken kann – und jetzt gar verirrt – in dieser fürchterlichen Wildniß. –«

Er sprang in aller Verzweiflung wieder auf, um nur wenigstens einen gangbaren Pfad zu finden, der ihn zu einer menschlichen Wohnung führe; da hörte er plötzlich, nicht weit von sich entfernt, das laute »Hallo« Klingelhöffers. Vor lauter Freude schoß er rasch die Büchse ab, das verhinderte ihn aber nicht auch seiner, leider schon sehr angegriffenen Kehle, noch eine letzte, außerordentliche Anstrengung zuzumuthen, um ja die Stelle anzudeuten, wo er sich befinde.

Klingelhöffer stand bald an seiner Seite, und wenn er auch im ersten Augenblick nicht umhin konnte, recht herzlich über das tragikomische Aussehen seines etwas arg mitgenommenen Gastfreundes zu lachen, so that ihm dieser doch auch wieder, da er ja fremd und ein Neuling im Walde war, leid, und er bot nun Alles, was in seinen Kräften stand, auf, um ihn zu trösten und ihm Muth einzureden.

Es war ein erster, wenn auch etwas böser Anfang, wie er sagte, und hatte wenigstens das Gute, ihn alles Nachkommende so viel leichter und bequemer ertragen zu lassen. Von Sechingen schien übrigens gar nicht geneigt, irgend etwas *Nachkommendes* abzuwarten, und zum Tode matt ließ er fast willenlos mit sich geschehen, daß ihn der Farmer auf sein eigenes Pferd setzte. Er hatte, seiner Versicherung nach, keinen ganzen Knochen mehr im Leibe, dafür aber Hunger wie ein Wehrwolf, Kopf- und Zahnschmerzen und noch außerdem verloren, was an seinem Körper nicht niet- und nagelfest gewesen.

In Klingelhöffers Wohnung endlich angelangt, stärkte er seinen ermatteten Körper durch Speise, Trank und Ruhe. Nichts in der Welt hätte ihn aber am nächsten Morgen vermögen können, eine zweite Tour zu unternehmen, um erstlich die verlorenen Sachen wieder zu suchen und dann auch, wie der Farmer lächelnd bemerkte, »das Land noch etwas besser kennen zu lernen.« Er verschwor sich hoch und theuer, vom Lande mehr zu wissen, als ihm lieb sei, und war, als der Morgen graute, fest entschlossen nach Little Rock zurückzukehren. Als Ausrede meinte er zwar, er wünsche erst die östlichen Städte und den Osten überhaupt zu bereisen, ehe er sich ganz fest im Walde niederlasse; was aber die Ursache dieser schnellen Sinnesänderung gewesen, ließ sich wohl leicht genug erkennen.

Weiteres Zureden blieb auch nutzlos, und Klingelhöffer erbot sich also, ihn wenigstens mit einem Handpferd eine Strecke auf der Countystraße hin zu begleiten, damit er nicht die ganze Strecke, etwa 44 englische Meilen, zu marschiren hätte. Nach Mittag, als sich sein Gast von den erduldeten Strapatzen ein wenig erholt, brachen sie auf, und der wackere Farmer ritt so weit mit ihm, daß er eine, am Wege liegende deutsche Ansiedelung noch bequem vor Dunkelwerden erreichen konnte, und nahm erst dann, den Dank des Fremden für die ihm gewordene so freundliche Aufnahme und Gastfreundschaft leicht übergehend, herzlichen Abschied von diesem.

»Leid thut mir's nur,« sagte er, als er ihm noch vom Pferde herunter derb und gutmüthig die Hand schüttelte, »daß Ihre Lust zur Ansiedelung gleich beim ersten Anlauf einen solchen Stoß erhalten hat, aber – ich gebe noch nicht Alles verloren, suchen Sie den schönen Westen doch später einmal wieder auf. Von Deutschland gleich ohne weiteres nach Arkansas hineinzufallen, ist allerdings ein etwas zu großer Abstand, haben Sie sich aber erst einmal eine Zeitlang in den östlichen Städten herumgetrieben, so wird Sie's schon wieder in die gesunde Waldluft zurückziehen. Vergessen Sie dann nicht, daß Sie in meiner Hütte immer herzlich willkommen sind. So leben Sie denn wohl – grüßen Sie mir die Deutschen in Little Rock, und halten Sie sich nicht länger dort auf als Sie müssen – es giebt bessere Plätze in den Vereinigten Staaten.«

Damit hatte er den Zügel des Handpferds um seinen Arm geschlungen, winkte noch einmal einen letzten Gruß herüber, stieß dem eigenen Thiere die Hacken in die Seite, und trabte pfeifend waldeinwärts.

Von Sechingen blieb aber noch lange sinnend auf dem Wege stehen und sein Auge ruhte schweigend auf den grünen Waldesschatten, hinter denen sein Gastfreund soeben verschwunden war. Kopfschüttelnd dachte er dabei an Alles, was er in so kurzer Zeit erlebt, zurück.

»Das also,« sagte er endlich tief aufseufzend, »das ist das stille freundliche Farmerleben – *das* ist die patriarchalische Zurückgezogenheit der Wälder. Kaum zweimal vier und zwanzig Stunden bin ich drin, und wie seh ich aus? Meine Kleider sind zerfetzt, den alten Hut, den mir Klingelhöffer zum Nothbehelf gegeben hat, würde bei uns zu Hause kein Lumpensammler aufheben, und ich muß noch froh sein, daß ich ihn nur habe und nicht im bloßen Kopfe zu rennen brauche; Hirschfänger – Taschentuch, Pulverhorn, Zündhütchenaufsetzer – Alles bin ich losgeworden, im Gesicht und an den Händen sehe ich so zerkratzt aus, als ob ich die Nacht in einer Dornenhecke geschlafen hätte. Dazu schmerzen mich alle Knochen – ich habe einen fürchterlichen Schnupfen, und von dem harten Lager Hühneraugen am ganzen Leibe. Nein, guter Sechingen, so viel merk' ich, für den Wald paßt Du nicht – ja, der Urwald sieht sich recht gut an – wenn man sich nicht gerade Bäume zum Umhacken aussucht – es liest sich auch recht gut darüber, schläft sich aber nur höchst mittelmäßig darin, und was das Reiten anbelangt, so soll mich Gott vor einem zweiten Versuch bewahren. Nein, Du *mußt* ja kein Farmer werden – Du kannst Coopers Romane lesen, für Indianer schwärmen – wenn Dir Dein *Schuster* nicht die Ideale verdirbt – und kannst auch meinetwegen – heißt das im Geist – den wilden Bär und Büffel verfolgen – so lange es aber keine Chausseeen und Hotels hier giebt, gehe ich nach New-York oder Philadelphia.«

»Und meine jetzige Reise?« fuhr er leise murmelnd in seinem Selbstgespräch fort, als er sich langsam dabei wandte und auf der Countystraße hinschritt – »ih nun – es war doch immer eine ganz gute Erfahrung und – wenn weiter Nichts – ein *Versuch* zur *Ansiedelung*.

CINCINNATI

Cincinnati, »die Königin des Westens,« wie sie in den Vereinigten Staaten von Nordamerika allgemein genannt wird, liegt in der südwestlichen Ecke Ohio's, dessen schönste und bedeutendste Stadt sie ist. Erst seit einigen sechzig Jahren entstanden (denn noch leben Männer, welche 1791 die erste Blockhütte dort bauen halfen), zählt sie jetzt schon über 100,000 Einwohner und hat im Westen dieselbe Bedeutung erlangt, deren sich New-Orleans im Süden und New-York im Osten rühmt. Da Ohio selbst schon seit etwa 30 Jahren besonders von deutschen Auswanderern angebaut wurde, so breitete sich auch Cincinnati immer mehr und mehr aus, vertheilte nicht allein von dort die den Mississippi und Ohio heraufkommenden Fremden in dem Staat, sondern ward auch zum Mittelpunkt des Binnenhandels, der die Producte des Nordens, als Mais, Mehl, Whiskey, eingepöckeltes Schweinefleisch, getrocknete Früchte, Kartoffeln etc., nach dem Süden versandte und dafür die Erzeugnisse der wärmeren Landstriche, als Zucker, Baumwolle, Tabak, Seesalz, Kaffee und die übrigen Früchte der Tropenländer in Empfang nahm. Zur Erleichterung dieses Zweckes stand es nicht allein durch den Ohio, einem großen, schönen Strom, mit dem Osten, sondern auch durch den westlichen Canal mit Buffalo und den nördlichen Seen, Erie, Michigan und Ontario in Verbindung, und gute, nach europäischer Art angelegte Chausseen zweigten sich durch das ganze Land. Durch die Erbauung eben dieser Wege und Canäle, wie durch die gesunde Lage des Ortes selbst, wurde eine sehr große Menge von Deutschen, meistens aus den ärmern Classen, veranlaßt, die blühende Stadt aufzusuchen und sich in ihr oder wenigstens in der Nähe derselben eine Existenz zu gründen.

Besonders strömten von Norddeutschland, Oldenburg und Hannover dem Eldorado des Westens Schiffsladungen voll Auswanderer zu. Die natürliche Folge aber war, daß, wo so viele zusammentrafen, die den Platz nur in der Hoffnung aufgesucht hatten, nicht allein »Geld zu verdienen,« sondern auch

»reich zu werden,« der größte Theil derselben sich getäuscht sehen und entweder unter nicht gerade glänzenden Verhältnissen ausharren, oder weiter westlich einen geeigneteren Wirkungskreis suchen mußte.

Natürlich war ein solcher Zusammenfluß von Menschen, die meistentheils von allen Hülfsmitteln entblößt in Cincinnati eintrafen und nun, da sie ihre Hoffnungen nicht realisirt, sich selbst obdach- und hülflos fanden, sehr wenig dazu geeignet, den Amerikanern einen guten Begriff von Deutschen und durch diese von Deutschland selbst zu geben, daher denn auch wohl mancher, der mit dem schönen Glauben das fremde Land betritt, schon durch sein Vaterland allein, wenn nicht freundlich angenommen, doch geachtet zu werden, seinen Irrthum einsehen wird, wenn er findet, daß der Name »Dutchman« nicht bloß bei den niedern Classen ein Spott-, ja oft Schimpfname geworden. Das kann übrigens nur von den Städten gelten, wo sich die rohe Hefe des Volkes concentrirte, im Lande selbst ist der deutsche Landmann wegen seines eisernen, unermüdeten Fleißes geschätzt und geachtet, wie denn auch die deutschen Ansiedlungen in den nördlichen Staaten fast stets die bessern sind. Und doch muß eben der Deutsche, selbst wenn er im alten Vaterlande den Ackerbau getrieben hat, in Amerika wieder von vorn zu lernen anfangen, indem nicht allein Boden und Erzeugnisse, sondern auch Ackergeräthschaften, wie die in jenem Lande nöthigen Behandlungsarten der Felder ganz verschieden von den unsern sind. Da die Arbeit dort aber leichter, der Humus selbst, besonders in den westlichen Staaten so viel vorzüglicher als in den alten, seit langen Jahren angebauten Landstrichen ist, so unterzieht sich der Deutsche auch stets mit Lust und Liebe einer Lehrzeit, die einen so reichhaltigen Erfolg verspricht, und sieht seinen Fleiß und seine Ausdauer, welche letztere dem Amerikaner gänzlich fehlt, in kurzer Zeit durch blühende Felder und üppige Vegetation belohnt.

Der Amerikaner, d. h. der nördliche Amerikaner (denn der südliche Pflanzer in den Sklavenstaaten ist wieder ein ganz anderer Mensch), ist auch fleißig, und arbeitet mit einer Schnelle und Gewandtheit, in der ihm der Ausländer vergebens gleichzukommen sucht, aber nur kurze Zeit hält er aus, das Gleichförmige ermüdet ihn, eine schlechte Ernte macht ihn gegen sein Land mißtrauisch; er hört von fruchtbarerem, ergiebigerem Boden, von besserer Weide, üppigerer Vegetation und augenblicklich führt er den schnell entworfenen Plan aus. Gerade in dem Zeitpunkt, in welchem der ruhige Deutsche anfängt, die Früchte seines Fleißes zu ernten, verkauft der Amerikaner den Platz, der seine Heimath war, packt sein bewegliches Eigenthum auf Karren und Wägen, treibt sein Vieh zusammen und zieht gen Westen.

Etwas aber ist, was so vielen, ja man könnte sagen fast *allen* Deutschen den Anfang einer zu gründenden Existenz erschwert: die zu großen Erwartungen, mit denen sie gewöhnlich das neue Vaterland betreten. Durch Briefe oder Reisebeschreibungen von dem schnellen, fast fabelhaften Glückswechsel Einzelner in Kenntniß gesetzt, malt sich ihre Phantasie die dortigen Verhältnisse mit den buntesten, heitersten Farben aus; das Wenige, was von Noth und Sorgen, von getäuschten Erwartungen und vernichteten Hoffnungen zu ihnen herüberdringt, verliert durch die große Entfernung die scharfen, schroffen Conturen, wird gemildert oder tritt vielleicht ganz in den Schatten zurück; kein Wunder denn, daß Viele, nach kurzem Aufenthalt in Amerika, von dem sie oft nur eine der östlichen Städte gesehen haben, das erste heimwärts segelnde Schiff benutzen, in ihr altes Vaterland zurückkehren, und nun nicht sich selbst, sondern das Land anklagen, das so war, wie es einmal ist und nicht wie sie es sich dachten.

Von den Tausenden aber, die dort zurückbleiben, und hierzu nur zu oft durch den Mangel an Mitteln, die zweite Seefahrt zu bestreiten, gezwungen werden, sind doch auch, zur Ehre der Deutschen, recht Viele, die mit männlichem Muthe das ertragen, was ihnen ihr Schicksal oder sie vielmehr sich selbst aufgebürdet. Der englischen Sprache nicht mächtig oder wenigstens nicht vertraut genug damit, um ihre Geistesfähigkeiten geltend zu machen, sehen sie sich gezwungen zu Handarbeiten ihre Zuflucht zu nehmen, und daher kommt es, daß man oft an Canälen, Chausseen und Eisenbahnen, in Kohlengruben und auf Dampfbooten, Doctoren und Geistliche, Offiziere und Kaufleute mit Hacken, Spaten oder Schürstange, mit Schiebkarren und Handtrage beschäftigt findet, ihr »tägliches Brod« zu verdienen.

In Pennsylvanien hatten sich z. B. in frühern Jahren in einer der dortigen einträglichen Kohlengruben viele wissenschaftlich gebildete Männer zusammengefunden und duldeten, um die gewöhnliche Classe der Handarbeiter von ihrer Gesellschaft und Unterhaltung fern zu halten, keinen zwischen sich, *der nicht lateinisch sprach* oder wenigstens einige zu diesem Zweck an ihn gerichtete Fragen befriedigend beantworten konnte. Jene Grube hieß in damaliger Zeit »die lateinische Kohlengrube!«

Sehr natürlich findet sich am leichtesten jene Classe in die neuen Verhältnisse, die schon im alten Vaterlande durch harte Arbeit ihr Brod verdienen mußte, und nun in den Vereinigten Staaten einen etwas höhern Lohn so wie bessere Nahrung erhält und doch freier und selbstständiger dasteht. Diese Leute sammeln sich durch Fleiß und Sparsamkeit einige hundert Dollars, kaufen nachher entweder ein Stückchen Land oder gerathen in eine der größern Städte und beginnen hier ihre Carriere als »Schenkwirth und Gastgeber;« daher die ungeheure Menge dieser Trink- und Wirths-, oder sogenannten Boarding-Häuser, von denen man, besonders in Cincinnati, fast in jeder Straße einige findet, und die, ohne dem Reisenden oder Fremden die geringste Bequemlichkeit zu bieten, ihm eigentlich nur des Nachts in einem harten Bett ein Obdach gewähren und ihn dreimal des Tages zu bestimmten Stunden abfüttern.

Da diese Leute nun hauptsächlich auf deutsche Einwanderer angewiesen sind, die, der englischen Sprache nicht mächtig, durch das deutsche Wirthshausschild angezogen bei ihnen einkehren, so verlieren sie auch gar bald das Mitgefühl, das sie vielleicht noch für ihre Landsleute gehegt hatten; sie fragen nicht darnach, was der Neuangekommene treibt, was er anzufangen gedenkt, sie wollen nur wissen, ob er noch genug Eigenthum besitzt, für die nächste Woche das »Boarding-Geld« pränumerando bezahlen zu können oder an dessen Statt wenigstens einen Koffer in Versatz zu geben vermag.

Überhaupt irrt man sich in Deutschland gewaltig, wenn man glaubt, der Deutsche freue sich, im Ausland einen Landsmann zu finden. Im Anfang, ja; noch nicht an die fremdtönenden Laute gewöhnt, klingt die Muttersprache dem Ohre wie Musik; das verliert sich aber, man lernt durch einen langen Aufenthalt unter den Fremden mit deren Augen sehen, mit deren Gefühlen empfinden und legt nur zu oft mit den vaterländischen Sitten auch das Gefühl für die ab, die diesen noch anhängen.

Nirgends zeigt sich aber diese Entfremdung unter Landsleuten stärker, als gerade in Cincinnati, wo der Parteigeist oft in die bittersten Feindseligkeiten ausartet; und doch sollten sich gerade hier die Deutschen durch Einigkeit und festes Zusammenhalten enger an einander anschließen, da ihnen in jener Stadt die arbeitende Classe der Amerikaner besonders gram ist, und in ihrer Art und Weise auch wohl nicht so ganz Unrecht hat, denn die das Land überströmenden Deutschen, von denen in jedem Jahre Tausende nach Cincinnati kamen, um dort Arbeit und Beschäftigung zu finden, waren zuletzt genöthigt jedes Anerbieten, das sich ihnen darbot, zu ergreifen, um nur Obdach und Nahrung zu erhalten, und arbeiteten um einen Lohn, der ihnen zwar, noch mit den deutschen Preisen im Gedächtniß, hoch schien, in der That aber die bisher gegebenen *wages* oft auf ein Drittel herabsetzte. Statt also nun in der fremden, sie umgebenden Welt unter Leuten, von denen sie nicht geliebt werden, brüderlich bei einander zu stehen, spalten sie sich nicht allein in politischer, sondern auch in religiöser Hinsicht in vier Hauptparteien, die selbst wieder unter sich ihre eigenen Zwiste und Streitigkeiten haben.

Vor allen Dingen trennen sie sich in Katholiken und Protestanten, und Nord- und Süd-, oder den dortigen Ausdrücken gemäß, »Hoch- und Plattdeutsche,« die dann wieder als Whigs und Demokraten einander feindlich gegenüberstehen, wobei die Protestanten noch ihre besondere Malice als Lutheraner und Reformierte und Methodisten auf einander haben, und sich aus diesen allen als letzter Kern ein Häufchen Rationalisten aussondert. Als Organe dieser verschiedenen Parteien dient den Katholiken der »Wahrheitsfreund,« ein ächt ultramontanes Blatt, den Methodisten dagegen der »Christliche Apologete,« der mit schwärmerischem Eifer seine Blitze gegen die Anhänger des Papstes, aber auch zu gleicher Zeit gegen die Protestanten schleudert, aus deren Mitte im Jahre 1840 »der Lichtfreund,« dem Rationalismus Bahn brechend entstand, und nun die Zornausbrüche des Wahrheitsfreundes sowohl als des christlichen Apologeten auf sich concentrirte. Selten oder nie religiöse Gegenstände berührend, vertheidigte indessen das »Volksblatt« die Sache der Demokraten und warb mit regem Eifer für den demokratischen Präsidenten, bis nahe vor der Wahl die deutschen Whigs, von den amerikanischen dabei unterstützt, den »deutschen Amerikaner« herausgaben und augenblicklich als die erbittertsten Feinde des Volksblattes auftraten. Zu jener Zeit hatte also Cincinnati fünf sich einander feindlich gegenüberstehende deutsche Zeitungen, doch ging der »deutsche Amerikaner« nach der Wahl, die bekanntlich zu Gunsten des Whigpräsidenten, General William Harrison ausfiel, wieder ein. Später wurde auch der »Lichtfreund« wegen Übersiedlung des Redacteurs, Herrn Eduard Mühls, nach Hermann in Missouri verlegt, dafür entstand aber, als Opposition des Volksblattes »der deutsche Republikaner.«

Feinden sich aber in Cincinnati die Deutschen gar oft an und schimpfen und schmähen sie einander, so existiren doch wenigstens nicht jene Blutsauger unter ihnen, denen der eben von Deutschland Kommende in den Seestädten nur zu oft in die Hände fällt. Ich selbst habe während eines sehr kurzen Aufenthalts in New-York mehrere Deutsche kennen gelernt, welche davon lebten, sich freundschaftlich an die in der fremden Stadt unbekannten Landsleute anzuschließen, bis sie entweder den letztmöglichen Cent aus ihnen herausgepreßt, oder von den wiederholt Getäuschten durchschaut und gemieden worden waren. In Cincinnati gehen sie offener und ehrlicher zu Werke, entweder mit der Feder oder – geht das nicht – mit dem Munde, denn der Deutsche hat gewöhnlich noch vom alten Vaterlande her eine Aversion gegen das »Zuschlagen.«

Der später angelegte Theil Cincinnati's, welchen der westliche Canal von der eigentlichen Stadt und dem Ohiofluß trennt, ist größtenteils von Deutschen bewohnt und wird auch von den Amerikanern »Little Germany« genannt. Fast über jeder Thür hängen Schilde deutscher Wirthshäuser, Schuster, Schneider und anderer Handwerker, die, wenn sie auch wirklich dann und wann englisch geschrieben sind, den deutschen Meister doch stets verrathen. Besonders können sich die vaterländischen Schuster mit ihrem gemalten Stiefel in der Mitte und einem rothen Schuh an der einen, einem schwarzen Schuh an der andern Seite nimmermehr verläugnen, eben so wenig die Leute selbst mit ihren langen, blauen, schmalkragigen Röcken und den weißleinenen Taschen, mit dem hochausgeschweiften Hut und dem rothgeblümten Halstuch.

Das Elend aber, welches leider so oft unter jenen armen Familien herrscht, die eben eingewandert, von allen Hülfsmitteln entblößt, in kleinen, nackten, Kämmerchen mit großen Familien zusammengepreßt, hungern und frieren, und vergebens nach Arbeit und dem verheißenen hohen Lohn jammern, ist fürchterlich. Glücklich noch die, denen ein Freund oder Verwandter im Anfang das Nothwendigste reichte, da nur zu oft schon gerade *jene* Stadt und Staat verlassen mußten, um irgendwo anders ein Unterkommen zu suchen, die solch lockende, einladende Briefe, häufig nur um zu prahlen, in die Heimath schrieben; der arme Einwanderer, welcher fest auf die versprochene Hülfe baute, sieht sich nachher in dem fremden Lande schutz- und freundlos, und ist nicht vermögend, sich selbst, viel weniger seine zahlreiche Familie vor Mangel und Elend zu bewahren.

Schwere und drückende Noth herrscht dann oft unter den armen Leuten, und dieß mag wohl auch die Ursache sein, daß die wohlhabenderen Landsleute endlich abgestumpft gegen ein mit jedem Jahre wiederkehrendes Elend werden, dem sie doch nun einmal nicht abhelfen können. Durch diese übergroße Anzahl von arbeitsfähigen Männern verringert sich natürlich auch mehr und mehr der Lohn, den die dortigen Ansiedler in früheren Zeiten gezwungen waren zu geben, weil sie nicht Leute genug bekommen konnten. Im Jahre 1840 bezahlten die Farmer fünf bis sechs Dollar den Monat für einen kräftigen Mann, was, wenn man die dortigen Verhältnisse bedenkt, entsetzlich wenig ist; und dennoch boten sich ihnen viele, sehr viele an, welche nur um die Kost zu erhalten bei ihnen arbeiten wollten. Mit dem Kaufmannsstande ist es dasselbe, und am allerschlimmsten befinden sich

Gelehrte, die, vielleicht mit tüchtigen Kenntnissen ausgestattet, geglaubt haben, dort verstanden oder anerkannt zu werden. Die armen Leute finden sich, besonders in Cincinnati, arg getäuscht.

Für die heimatliche Literatur sterben die Deutschen in Amerika ab. Die gebildeteren Klassen lernen das Englische, und vernachlässigen schon aus dem Grunde die Muttersprache, da sie zu selten Gelegenheit bekommen, deutsche Schriften zu erhalten; die arbeitenden Classen aber lesen einzig und allein Zeitungen, und nichts ist leichter, als eine solche Zeitung zu redigiren. Der Redacteur muß nur dann und wann einen Aufsatz schreiben, in welchem er aus Leibeskräften gegen die politische Opposition zu Felde zieht; dabei dürfen natürlich die Wörter »deutscher Freiheitssinn,« »deutsche Treue und Biederkeit« u. s. w. nicht fehlen. Um das Blatt nachher zu füllen, erscheint im Anfang irgend ein Gedicht, sei es von Goethe oder Schiller oder eignes Fabrikat, – selbst eingesandte werden mit Dank angenommen, – dann eine kleine Novelle oder Erzählung aus einer alten, vorsündfluthlichen Didascalia, hierauf einige aus englischen, oder, ist es möglich, auch deutschen Blättern entnommene Notizen, dann die Marktpreise und Ankündigungen, und die Nummer ist versehen. Honorar ist nie zu fürchten.

Nun ist das Blatt freilich gedruckt, muß aber auch noch an die verschiedenen Subscribenten herumgetragen werden; zu diesem Zwecke schließt der Redacteur einen Contract mit irgend einem Mann ab, dem er wenigstens die einzucassirenden Wochengelder anvertrauen kann, und der von jeder Zeitung, die er austrägt, etwas Bestimmtes per Woche erhält, dessen Vortheil es also neben dem Austragen auch ist, noch so viel neue Abonnenten als möglich zu seinen alten zu bekommen, indem sich durch eine Vermehrung des Absatzes auch sein Gehalt oder Einkommen vermehrt, wobei er für die täglichen Blätter an jedem Sonnabend, für die wöchentlichen jeden Monat das Geld eincassirt, weil überhaupt in Amerika nichtansässige Leute selten lange an einem Platze bleiben, und ein Verfolgen der Schuldner, da keine Controle weder über Fremde noch Reisende geführt wird, unmöglich ist.

Cincinnati selbst liegt am nördlichen Ufer des Ohio, der von Pittsburg aus, wo dieser durch den Zusammenfluß des Alleghany und Monongahela seinen Namen erhält, sich östlich nach einem Lauf von circa 1000 englischen Meilen in den Mississippi ergießt. Es ist ein stattlicher Strom, dessen malerische Ufer ihm den Namen des »amerikanischen Rheines« gewonnen haben; bei Cincinnati mag er etwa eine englische Meile breit sein und trägt im Winter und Frühjahr die größten Dampfboote, wird jedoch im Sommer und Herbst, nicht mehr durch die Bergströme der Alleghany-Gebirge genährt, an mehreren Stellen sehr seicht und die Schifffahrt hört dann für die größern Boote auf. Durch diesen »schönen Strom« aber (der indianische Name der Senecas ist Oh-ey-o oder der schöne Strom) erhielt Cincinnati seine Bedeutung und wuchs schnell zu einer der größten Städte der Union an; zwar versuchten Speculanten am gegenüberliegenden Ufer in Kentucky am Ausfluß des Licking, Oppositionsstädte zu erbauen, und New-Port wie Covington entstanden: Cincinnati aber überflügelte sie schnell und wurde die »Königin des Westens.«

Die eigentliche Stadt, – denn sie zählt außer dem Städtchen Mohawk noch mehrere Anbaue, – liegt am Fuß einer Hügelreihe, die das Thal des kleinen Miami einschließt, und hat mehrere Eisengießereien; dabei versorgt sie fast die ganzen Vereinigten Staaten mit geschnittenen eisernen Nägeln, die überall statt der geschmiedeten gebräuchlich sind. In und um Cincinnati befinden sich auch die bedeutendsten Brauereien und Whiskeybrennereien Amerika's, besonders aber Schlachthäuser, wie sie auf keinem zweiten Platz in der Welt existiren; denn von hier aus werden nicht allein die Vereinigten, sondern auch die südlich gelegenen Staaten, Texas und Mexico, mit eingepökeltem Schweinefleisch versehen, das sogar bis nach Südamerika verschifft wird.

Nichts schildert den Charakter eines Menschen deutlicher als kleine Anekdoten und Angewohnheiten aus seinem Leben; eben so ist es mit einer Stadt, die man wohl am leichtesten durch kleinere Züge ihres innern Treibens und Verkehrs kennen lernt und von denen ich versuchen will, dem Leser einige, wie sie mir noch frisch im Gedächtniß sind, mitzutheilen.

DER MARKT

Durch ganz Nordamerika haben die Marktplätze ein ziemlich ähnliches Aussehen; ein sogenanntes »Markthaus« bildet den Mittelpunkt und besteht aus einem auf einer doppelten Säulenreihe ruhenden Dach, unter dessen Schutz die Fleischhauer oder Metzger den innern Raum einnehmen; um diesen reihen sich die ein höheres Standgeld bezahlenden Gärtner an der Außenseite, aber ebenfalls noch unter dem Schutz des Vorbaues an. In Cincinnati sind drei solcher Marktplätze: der obere oder Flymarket, der mittlere und der untere Markt; Montag und Donnerstag wird auf dem ersten, Dienstag und Freitag auf dem zweiten und Mittwoch und Sonnabend auf dem dritten Markt gehalten. Dort prädominiren die Deutschen besonders, denn sie bilden nicht allein die Mehrzahl der Fleischer, sondern haben auch mit wenigen Ausnahmen den alleinigen Verkauf der Gartenfrüchte, und zwar schon aus dem Grunde, weil der Amerikaner in dieser Hinsicht nun einmal ein Vorurtheil zu Gunsten der Deutschen hat, die, wie er glaubt, Alle geborene Gärtner sind. Will ein Amerikaner im Frühjahr seinen Garten herstellen lassen, so ruft er den ersten besten Deutschen dazu und überträgt ihm die Arbeit, er fragt aber nie: »weißt du mit einem Garten umzugehen?« sondern denkt, das verstehe sich von selbst. Dabei haben unsere Landsleute das Monopol des Sauerkrautes, mit dem es ihnen wie den Creolen mit ihrem Lieblingsgericht Gumbo geht: es ist zum Spottnamen und zur Bezeichnung der Nation geworden, und nicht selten hört man unter den niedern Classen der Amerikaner, wenn jemand eine gemischte Versammlung bezeichnen will, den Ausdruck: »Es waren Amerikaner, Gumbos und Sauerkrauts dort.«

Da übrigens die meisten der zu Markte Kommenden ihre Producte von meilenweit entfernten Farmen herbeischaffen, so lassen sie dieselben auf ihren kleinen einspännigen, mit Leinwand überzogenen Fuhrwerken, und fahren diese auf beiden Seiten des Marktplatzes so auf, daß die Einkäufer an der Außenseite umhergehend den im Hintertheil des Wagens ausgelegten Inhalt sehen und prüfen können. Oft stehen Hunderte derselben in langer, die Straßen weit hinausreichender Reihe beisammen und geben dem Ganzen ein eigenthümliches Ansehen; was aber dem Europäer besonders auffällt, sind die Einkäufer selbst. Wie ich zum erstenmal auf einen amerikanischen Markt kam, traute ich meinen Augen kaum, als ich nicht allein anständige, sondern sogar elegant gekleidete Männer, oft in schwarzem Frack, mit Ringen an den Fingern, goldenen Uhrketten und blendend feiner Wäsche großmächtige Körbe am Arm tragend zu Markte gehen oder gar reiten sah;

es war etwas unsern deutschen Sitten und Gebräuchen so ganz entgegengesetztes, daß ich nur mit vieler Mühe das Lachen verbeißen konnte. Nichts macht sich dann komischer, als wenn es anfängt zu regnen und der »Gentleman« den schon zur Vorsorge mitgenommenen Regenschirm aufspannt, dem kleinen Poney die Hacken in die Seiten setzt und mit kurzen Steigbügeln, daß die Knie fast den Sattelknopf berühren, zu Hause galoppirt.

Die Fleischer schmücken besonders bei feierlichen Gelegenheiten, als am 4. July, dem Tage der Unabhängigkeitserklärung, an Washingtons Geburtstag, an verschiedenen Dank- oder Bußtagen etc., ihre Stände und das ausgeschlachtete Vieh auf das zierlichste, wobei sie etwas darin suchen, alle möglichen Fleischarten zum Verkauf auszustellen; daher findet man nicht selten bei einem Einzelnen neben den gewöhnlichen Thierarten ganze Bären, Hirsche, Waschbären, Opossums und Eichhörnchen, die durch Blumenguirlanden auf das freundschaftlichste mit einander verbunden sind.

Den Gemüseverkauf besorgen, wie schon gesagt, fast ausschließlich die Deutschen, denen auch die besten und einträglichsten Farmen in der Nähe von Cincinnati gehören und von welchen sogar schon Einige Weinberge angelegt und einen erträglich guten Wein gekeltert haben. Die Amerikaner schaffen hingegen mehr Käse, Eier, Butter und Geflügel zu Markt, während die farbige Bevölkerung von Cincinnati meistens gedörrtes Obst, Pfirsiche und Äpfel feil hält. Im Ganzen ist Cincinnati die billigste Stadt des Westens, und ein einzelner Mann kann mit 400 Dollars (1 Dollar 1 Thlr. 10 Ngr.) das Jahr anständig leben.

BOARDINGHÄUSER

Das Wort »*boarding-house*« ist fast das erste, welches der Einwanderer in Amerika lernt – er muß ein Obdach und Nahrung haben, und dieß alles findet er für einen verhältnißmäßig billigen Preis in solchen Kost- oder Boardinghäusern. Ich rede hier nicht von den besser eingerichteten Wirthschaften und Hotels, die dem Reisenden alle möglichen Bequemlichkeiten bieten, und von denen, in Cincinnati besonders, eine große Anzahl existirt, sondern von den Häusern, in welchen der Fremde, dessen finanzielle Umstände ihm nicht erlauben sechs, acht, ja zwölf Dollar die Woche für Kostgeld zu bezahlen, einkehrt, und wo er, wie der deutsch-amerikanische Ausdruck ist, »boardet!«

Diese Anstalten werden fast ausschließlich von Deutschen gehalten, sind sich im Ganzen ziemlich ähnlich, und wir wollen dem Leser eines dieser »Kaffeehäuser,« wie sie sich fast alle nennen, näher vorführen. Es ist ein schmales, zweistöckiges, grün angestrichenes Brettergebäude, das, selbst etwas windschief, zwischen zwei große Backsteinhäuser hineingepreßt, scheinbar von diesen aufrecht gehalten wird. Ein breites Glasfenster zeigt drei über einander angebrachte Reihen von Flaschen mit Liqueur oder wenigstens einer liqueurfarbigen Flüssigkeit gefüllt, zwischen denen, um den sonst etwas zu leeren Raum auszufüllen, einzelne Citronen liegen, während in der unteren Reihe mehrere Glasgefäße mit Candiszucker und anderen Näschereien prangen. Über der mit einer rothen Gardine verhangenen Thür steht auf einem grünlackirten Schild mit grellrothen Buchstaben, daß die Augen kaum das Verschwimmen der Farben ertragen können, »*Battle of Bunkershill Coffee house*,« und darunter »Deutsches Kosthaus von N. N.«

Doch wir wollen hineingehen und das Innere des Heiligthums betrachten. Es ist ein kleines, wahrscheinlich früher zum Vorsaal bestimmt gewesenes Zimmer, das jetzt aber zur Schenkstube benutzt wird und zugleich das Entrée des Hauses bildet. Rechts sind bis zur Decke hinauf Regale angebracht, die mit Flaschen, Caraffen, Gläsern, Apfelsinen und Zuckerwerk ausgeschmückt, die eine Wand verdecken, während Thür und Fenster die zweite einnimmt, und riesenhafte Zettel, Ankündigungen von Seiltänzern und Kunstreitern, mit Abbildungen der merkwürdigen Sachen, welche diese auszuführen gedenken, die andern beiden überziehen. Besonders hervorstechend zeigt sich noch, gerade am mittelsten Regale befestigt, ein kleines Schild, auf dem mit größtmöglichen Buchstaben die Worte »*No Credit!*« »*Kein Credit!*« zu lesen sind, und mit dem eine zweite unter Glas und Rahmen gebrachte Tafel correspondirt, durch welche dem Eintretenden in zierlichen Versen kund gethan wird, daß der Eigenthümer seine Weine und Liqueure, seine Flaschen und Gläser, ferner Hausrente und Taxen *bezahlen* müsse, und deßwegen unendlich bedaure, seinen geehrten Gästen unter keiner Bedingung borgen zu können. Eine Art Ladentisch trennt den Ausschenker oder »Barkeeper« von den Gästen, zu deren Bequemlichkeit nur eine kurze, grünlackirte Gartenbank an der gegenüberstehenden Wand angebracht ist, die aber für den Augenblick leider nicht benutzt werden kann, da ein Irländer, der ein wenig zu schwer geladen, langgestreckt darauf liegt.

»Wer tractirt?« ruft jetzt der Barkeeper, welcher sich schon fast eine Viertelstunde lang die Anwesenden ungeduldig betrachtete. »Wer tractirt? Boy's – ihr steht ja so trocken da, wie die Pulverfässer – wollen wir drum würfeln?«

Er hat bei den letzten Worten einen kleinen Lederbecher unter dem Ladentisch vorgeholt und schüttelt denselben ein wenig; der Klang wirkt wie bezaubernd, alle treten hinzu, und die drei niedrigsten Würfe müssen den Trunk à Person mit einem Picayune (6¼ Cent. oder 2 gGr.) bezahlen. Obgleich der Barkeeper selbst mitspielt, so ist es doch eher zu erwarten, daß der niedrigste Wurf leicht einen der Gäste, von denen sechse gegenwärtig sind, als ihn treffen wird, und schon auf solche Art und Weise verdienen die Wirthe manchen Dollar. Jetzt öffnet sich aber die Thür, und ein anständig gekleideter Mann tritt herein und erkundigt sich bei dem Ausschenker, ob er hier eine oder mehrere Wochen »boarden« könne.

Dieser beschaut ihn zuerst sehr aufmerksam vom Kopf bis zum Fuß, und fragt ihn dann vor allen Dingen, »ob er Gepäck bei sich habe?«

»Nichts als dieses!« antwortete der Fremde und zeigt auf ein kleines, in ein rothseidenes Schnupftuch eingeschlagenes Päckchen.

»Hm,« sagt der Ausschenker, »dann müssen Sie pränumerando bezahlen, ich kann Ihnen nicht helfen!«

»Und wer hat Ihnen denn gesagt, daß ich das nicht werde,« entgegnete pikirt der Fremde.

»*Oh well!*« sagt der Ausschenker, keineswegs dadurch außer Fassung gebracht, »dann ist alles in Richtigkeit.«

»Und der Preis?« fragt der Fremde.

»Drei Dollar die Woche!«

Der Mann bezahlt und bittet den Barkeeper nun, ihm sein Zimmer zu zeigen; dieser steigt mit ihm eine kleine, schmale Treppe hinauf, öffnet die sich fast an der obersten Stufe befindende Thür, und weist den Ebengekommenen hinein.

Es ist ein ziemlich großer Raum, der die ganze Breite des Hauses einnimmt, mit drei Fenstern und einem gewaltigen Kamin an der Seite, das Ganze hat aber ein unfreundlich kaltes Aussehen, denn in dem Kamin liegen Stiefeln, Stöcke, Hutschachteln, Pfeifen etc. etc., und beweisen zur Genüge, wie wenig von dieser Seite auf ein gutes, erquickendes Feuer zu hoffen sei. Des Fremden, den Raum schnell durchfliegende Augen zählen fünfzehn zweischläfrige Betten, die eines neben dem andern an den Wänden hin und in der Mitte stehen, und eine ziemlich zahlreiche Schlafgenossenschaft versprechen. Nur ein Tisch und etwa acht oder neun Stühle dienen dem Worte »Mobilien« zur Entschuldigung, und die umherhängenden verschiedenartigen Kleidungsstücke sind nicht gerade geeignet, dem Ganzen ein freundlicheres Aussehen zu geben.

»Und hier soll ich schlafen?« fragt mit gerade nicht freudiger Überraschung der Fremde.

»Ja!« ist die Antwort – »in diesem Bette hier, mit einem Amerikaner – es ist ein ganz ordentlicher Mann!«

»Und kann ich kein Bett für mich allein bekommen?«

»Unmöglich, wir haben jetzt kaum Platz für unsere Gäste – alle Boardinghäuser sind überfüllt.«

Noch steht der Fremde unschlüssig am Eingang, er weiß aber, daß wenn er auch zu einem andern Hause gehen wollte, sich die Verhältnisse ziemlich gleich bleiben, wirft sein Päckchen auf das ihm angewiesene Bett und – ist eingezogen.

»Haben Sie denn wohl einen ruhigen Platz, wo ich einen Brief schreiben könnte?« fragt er jetzt nochmals den Barkeeper, der eben im Begriff ist die steile Treppe wieder hinunter zu klettern.

»Unten im Zimmer, wo die Übrigen sind!« sagt dieser, »das ist der einzige Platz im ganzen Haus.« In jenes Zimmer führt er jetzt seinen Gast und zeigt ihm in der einen Ecke einen Tisch, an welchem eben ein freundlicher Oldenburger emsig beschäftigt ist, zu dem morgenden Sonntag seine Stiefeln zu wichsen.

»Du mußt damit hinausgehen!« fährt er diesen an, »das gehört sich nicht in der Stube! wir sind nicht mehr auf dem Schiffe!« Schweigend räumt der also Abgefertigte seinen Platz ein und der Fremde sieht sich vergebens nach irgend einem Gegenstand um, mit welchem er den staubigen Tisch abwischen könne!

»Warten Sie, ich will Ihnen etwas bringen,« sagt der Barkeeper und geht in das Schenkzimmer zurück; unterdessen hat jener aber vollkommen Zeit den Raum zu betrachten, in welchem er sich jetzt befindet.

Es ist ein geräumiges Zimmer mit einem großen, gußeisernen Gestell in der Mitte, das ein Mittelding zwischen Ofen und Kamin zu sein scheint, denn es hat wohl die Gestalt des erstern, entspricht aber ganz dem Zweck des letztern, da es die Hitze nicht erst durch Röhren, sondern gleich durch die vorn im Rost sichtbaren Kohlen verbreitet. Um dieses haben sich in allen möglichen Stellungen und Lagen die verschiedenen Gäste des »Kaffeehauses zur Schlacht am Bunkers Hill« versammelt, und befinden sich alle in einer sehr heitern Stimmung, lachen und erzählen und machen einen Lärm, daß die Gläser auf dem zweiten Tische zittern. Einige, die im Anfang gekommen sein mochten, hatten noch Stühle gefunden, die später Eintreffenden schon mit zwei grünlackirten Holzbänken, denen ähnlich, die in der Schenkstube standen, vorlieb nehmen müssen, und die letzten konnten einzig und allein stehend an der Gesellschaft und zu gleicher Zeit am Ofen Theil nehmen. Unser Gast war gezwungen, sich auf irgend eine Art einen Stuhl zu verschaffen, und mit den Sitten solcher Häuser schon ziemlich vertraut, blieb er einige Minuten am Feuer, bis einer der Sitzenden aufstand, welchem er dann ohne weitere Umstände den kaum verlassenen Stuhl entführte und an seinen Tisch trug. Diesen mußte er übrigens, da der Barkeeper nicht wiederkehrte, mit seinem eigenen Taschentuche abstäuben.

Jetzt klingelt es plötzlich im nächsten Zimmer, und der lang ersehnte Ruf »supper, supper!« (Abendessen) übertönt und erstickt bald den frühern Lärm; alles strömt in das Speisezimmer und der Barkeeper trägt den Davondrängenden die zurückgelassenen Stühle nach, da an der Table d'hote noch einige fehlen. Eine lange Tafel steht dort gedeckt, an welcher etwa 30 Personen Raum und die mit mehrern Fleischarten, Kartoffeln, Eiern, Butter und Käse besetzt ist. Jeder Gast findet neben seinem Teller eine eingeschenkte Tasse Thee, die er, wenn geleert, bloß empor zu heben braucht, um sie augenblicklich wieder von einem jungen Mädchen, das die Aufwartung besorgt, gefüllt zu bekommen; doch sieht es der Wirth nicht gern, wenn das öfter als zweimal geschieht.

Das Essen ist gut und schmackhaft zubereitet, und nach der Mahlzeit, von der jeder, sobald er fertig ist, aufsteht, ohne sich weiter mit Wort oder Blick um seinen Nebenmann zu bekümmern, versammeln sich die Gäste wieder um den kaum verlassenen Ofen, an welchem jene jetzt die besten Plätze einnehmen, die am schnellsten essen konnten.

Die Gesellschaft ist übrigens keineswegs uninteressant, denn nicht allein verschiedene Nationen, sondern auch verschiedene Stände treffen sich hier, und die gebildetere Classe der Deutschen, als Advocaten, Ärzte, Theologen, Kaufleute etc., die größtentheils wenigstens für den Augenblick noch gezwungen waren, eine ihren frühern Beschäftigungen gerade nicht entsprechende Arbeit zu übernehmen, um ehrlich und ordentlich in der neuen Welt durchzukommen, findet sich bald zusammen und verplaudert die langen Abende.

Die Zeit des Schlafengehens naht aber jetzt, und hie und da schleichen einzelne mit abgebrannten Lichtendchen in der Hand die Treppe hinauf, denen die übrigen ebenfalls bald folgen und ermüdet das harte Lager suchen, welches nur aus einer Seegras-Matratze und zwei oder drei wollenenen Decken besteht. Die Lichter verlöschen nach und nach, und sobald sich die einzelnen Paare und Bettgenossenschaften verständigt haben, ob sie »doppelt-Adler« oder »löffel-artig« liegen wollen, herrscht für wenige Minuten tiefes Schweigen, das aber bald einem von allen Seiten hertönenden Schnarchen weicht, bei dem sich der daran nicht Gewöhnte oft stundenlang unruhig auf seinem Lager umherwälzt.

Es existiren übrigens auch mehrere amerikanische Boarding-Houses in Cincinnati, wo der Gast für 5 Dollars per Woche eine reinlichere und freundlichere Umgebung hat, das Unangenehme des Zusammenschlafens mit Mehrern findet sich in den meisten.

MONEY-BROKERS

Die Geldwechsler spielen in allen Städten Amerika's eine bedeutende Rolle, denn wo solch' unzählige Banken und Tausende von verschiedenen Banknoten und Münzsorten circuliren, ist es unbedingt nöthig, Leute zu haben, welche nicht allein die ächten von den nachgemachten unterscheiden können, sondern auch den Reisenden mit den für ihn brauchbarsten Münzsorten oder Tresorscheinen versehen.

Hunderte von Banken streuen jährlich ihre Noten unter die Bevölkerung der Vereinigten Staaten aus; viele bestehen fort und lösen später das ausgegebene Papiergeld wieder mit Silber ein, die meisten aber machen bankerott oder thun wenigstens was gleichbedeutend ist: sie nehmen nicht einmal mehr ihr eigenes Geld für den vollen Werth an, so daß es 20, 30, ja bei dem Mississippi-, Arkansas-, Atchafalaya- und Texas-Geld schon bis zu 70 und 80 Procent gefallen ist. Am schlimmsten stehen sich bei diesem fortwährenden Schwanken des Geldcurses die armen Leute, die Arbeiter und Tagelöhner, welche am Ende des Monats ihre paar Thaler in irgend einem Papiergeld ausbezahlt bekommen, das, wie ihnen der Broker sagt, »gut« ist – und wofür sie auch ihre Bedürfnisse an Kleidern und Schuhwerk kaufen können; morgen aber vielleicht schon heißt es – »die und die Bank hat ihre Zahlungen eingestellt.« Niemand nimmt die Noten mehr zu dem vollen

Werth, und der Mann, welcher sich schwer und hart für die wenigen Dollars geplagt hat, verliert noch 15 bis 20 Procent daran, während die Bank von ihren eigenen Noten, so viel sie bekommen kann, schnell zu dem gefallenen Preis aufkauft und nach ein paar Monaten, nach deren Verlauf sie sich wieder für zahlungsfähig erklärt, Tausende verdient hat.

Ein fürchterlicher Mißbrauch wird mit diesem Papierwesen getrieben, und daneben existirt fast keine Bank, von der nicht Verfälschungen circuliren, zu deren Entdeckung wöchentlich Broschüren ausgegeben werden, welche die Namen der sogenannten »counterfeits« und den Werth der verfälschten Noten angeben. Auch hier ist es wieder der Arme, welcher durch diese den meisten Schaden leidet, da er die ächten selten von den unächten zu unterscheiden vermag.

Das wenige Silber und Gold hat übrigens durch die ganze Union denselben Werth und dasselbe Gepräge, wenn auch hie und da andere Namen, nur ist Cincinnati die westlichste Stadt, in welcher Kupfergeld circulirt (Cente, hundert auf einen Dollar); schon in Louisville, 150 Meilen westlich, kennt man als kleinste Münzsorte nur Picayunes oder *half dimes* (6¼ und 5 Centstücke), die von dort an einen andern Werth haben, und mit denen gegen die aus den östlichen Staaten ein bedeutender Handel getrieben wird, indem die *half dimes* dort, selbst noch theilweise in Cincinnati, nur 5 Cent gelten, und weiter den Ohio hinunter und am ganzen Mississippi für 6¼ angenommen werden.

Die Broker haben ihre kleinen, zierlich ausgeputzten Locale gewöhnlich an Straßenecken, um recht in die Augen zu fallen, und suchen etwas darin, durch in den Fenstern ausgelegte Packete Banknoten und kleine Haufen von Goldstücken die Augen der Vorübergehenden auf sich zu ziehen.

AUCTIONEN

In einem Lande, wo so viel und so großartig speculirt wird, wie in Amerika, ist es eine sehr natürliche Folge, daß sich auch Tausende in ihren Erwartungen und Hoffnungen betrogen finden, deren Eigenthum und Waare dann den Weg in die zahlreichen, durch die ganze Stadt zerstreuten Auctionslocale findet, und hier auf eine oft unglaubliche Art unter dem Werth verschleudert wird.

Eine kleine hellrothe Fahne, über der Thür aufgesteckt, zeigt am Tage den Ort an, wo Abends mit dem Glockenschlag sieben der Ausverkauf beginnen wird, und Kauflustige oder Neugierige treiben sich, einander ablösend, fortwährend vor und in diesen Localen herum, um die am Abend vorkommenden Waaren zu betrachten und zu prüfen; mit einbrechender Dämmerung jedoch, wo die blutrothe Flagge übersehen werden könnte, stellt sich irgend ein Mann oder Knabe, sehr häufig ein besonders hierzu gemietheter Neger, mit einer Handglocke vor das Auctionslocal, und läutet pausenlos auf eine ohrenzerreißende Art, um die Bevölkerung von Cincinnati darauf aufmerksam zu machen, daß die Versteigerung bald beginnen werde. Es sind wohl zwölf bis funfzehn verschiedene Auctionen an jedem Abend, und hier kaufen besonders die umherziehenden Krämer ihre Waaren ein, mit denen sie später die Farmer im Innern des Landes beglücken.

Der Auctionator steht auf einer von dem Platz, welchen die Käufer einnehmen, getrennten hohen Bühne, die es ihm möglich macht, alle zu sehen, wie von allen gesehen zu werden, und die zu versteigernden Gegenstände werden ihm durch einen zweiten von innen hinausgereicht. Von dem Mittelpunkt dieser Bühne aus läuft ein schmaler, langer Tisch bis fast zur Thür hin, um auf diesem vorkommende Ausschnittwaaren aufzurollen und den Kauflustigen besehen zu lassen. Die Waaren selbst sind übrigens sehr gemischter Art – Tuche und Steingut, Bijouterien und Glaswaaren, Kattune und Bücher, eiserne Geräthschaften und Porzellan, Schuhe und Hüte, Weine, Liqueure, eingemachte Früchte und Austern, alles wird wild durcheinander feil geboten, wobei sich der Auctionator durch eine fast fabelhafte Zungenfertigkeit auszeichnet, mit welcher er das ausbietende und aufmunternde *going, going, going, going*, ruft, daß das Ohr dem Klange kaum zu folgen vermag, bis ein entscheidendes »*gone!*« den Bietenden entweder erschreckt oder erfreut.

Allerdings hat man öfters die Gelegenheit auf diesen Auctionen Waaren zu einem Spottpreis einzukaufen, im Ganzen ist es aber doch sehr gefährlich, denn entweder wird der mit den Gebräuchen nicht Bekannte angeführt, oder kauft, durch den anscheinend billigen Preis bestochen, eine Masse von Sachen, die er mit gutem Gelde bezahlen muß und nachher nicht gebrauchen kann.

KLEIDERLADEN

sind in Amerika, wo alles so zauberhaft schnell geht und die Menschen sich fast stets unterwegs befinden, unentbehrlich – wie hätte der Amerikaner Zeit, sich einen Rock anmessen und nachher machen zu lassen. Oft Hunderte von Meilen verreisend, nimmt er gewöhnlich als einziges Gepäck ein kleines Felleisen mit, in welchem er ein Hemd und mehrere reine Vorhemdchen und Kragen führt, das ist das einzige, was er waschen läßt, alles übrige wird, sobald getragen oder zerrissen, neu angeschafft. Kleiderläden, in denen man jedes zum Anzug Nöthige antrifft, findet man daher auch in jeder Stadt und besonders gleich an den Dampfboot-Landungen in großer Anzahl, die fast alle, sei es nun im Norden oder Süden, New-York oder New-Orleans, St. Louis, Cincinnati, Buffalo oder Charlestown, von deutschen Juden gehalten werden. Wie die Yankees den fast alleinigen Uhrenhandel an sich gerissen haben, so verhält es sich mit den Israeliten und Kleiderläden, in keiner Stadt aber mehr als in Cincinnati, das gewissermaßen den Mittelpunkt bildet, von welchem sie sich in die ganzen westlichen Staaten zerstreuen, um als wandernde Krämer mit Tragekasten oder Lastpferd ihre Waaren feilzubieten, oder auch in der Stadt selbst bleiben und am Werft wie in den Hauptstraßen vor ihren Läden förmlich auf die Vorbeigehenden lauern. Gnade Gott dem armen Teufel, der mit etwas schäbigen Kleidern und einem sehnsüchtigen Blick auf die zur Schau ausgehängten Anzüge vorüber geht, er ist unrettbar verloren; der Verkäufer, ein auf das Eleganteste angezogener Jüngling, der nie deutsch spricht, außer da, wo er sieht, daß der, mit dem er es zu thun hat, auch kein Wort englisch versteht, stürzt auf ihn zu, faßt ihn um die Taille, und zieht ihn unter den zärtlichsten Vorwürfen, daß »so ein hübscher Mensch solch abgerissenes Zeug trage,« in den Laden; hat dieser dann noch hinlänglich baares Geld, und sei es nur genug, um ein Taschentuch zu kaufen, bei sich, so kommt er selten ohne irgend einen aufgedrungenen Artikel fort.

Freilich laufen diese Ladenjünglinge auch manchmal der unrechten Person in den Weg und ernten Grobheiten oder gar Ohrfeigen für ihre Zudringlichkeit; was thut's aber, sie leiden ja für die heilige Sache, und der nächste Vorüberwandernde entgeht darum seinem Schicksal doch nicht.

Durch die in den Zuchthäusern gefertigten Schuhe und Kleidungsstücke, wie durch den geringen, wahrhaft grausamen Preis, welchen arme Nähmädchen für eine Tagesarbeit bekommen, sind Kleidungsstücke, was nicht Seide oder Tuch ist, erstaunlich billig geworden, so daß man jetzt selbst in New-Orleans ein baumwollenes Hemd mit leinenem Vorhemd und Kragen für Einen Dollar kauft, ebenso recht gut aussehende Schuhe und Beinkleider, Jacken und Westen für Einen Dollar das Stück. Wie nachlässig übrigens diese Sachen gefertigt sind, kann man sich denken; es soll aber alles schnell gehen, die Dauer und Solidität der Arbeit kommt nicht in Betracht. So z. B. kündigte eine Wäscherin (Mulattin) vor mehreren Jahren in Cincinnati, in Mainstreet, durch ihr Aushängeschild an, daß sie jedes ihr anvertraute Kleidungsstück »in *einer* Stunde wasche und trockne;« auf welche Art der Stoff dabei behandelt wurde, läßt sich denken.

DER WUNDERBARE TRAUM

Im Staat Pensylvanien, dicht am nordwestlichen Fuß der Alleghanies, liegt oder lag vielmehr das kleine Städtchen Seneka, das damals, als man es gründete, von Ansiedlern fast überschwemmt ward; denn jeder Einzelne hoffte goldene Berge in dem neu entdeckten Eldorado zu finden und Seneka bald als den Brennpunkt des Staates zu sehen, nach dem sich aller Verkehr, wie die Blumen zur Sonne, hinwenden müsse.

Jetzt sind freilich diese schönen Träume größtentheils in ihr ursprüngliches Element *Luft* zurückverschwommen, und ein allein und einsam stehendes Farmhaus kündet die Wohnung des »*Letzten der Senekaner*,« der hier, allen früheren Plänen und Hoffnungen von gepflasterten Straßen und Gaßbeleuchtung entsagend, gar ehrsam Ackerbau und Viehzucht treibt.

Noch vor zwölf Jahren aber, und in derselben Zeit, von der ich hier erzählen will, befand sich Alles in seiner Blüthe; mehre Wirthshäuser waren angelegt, ein Gerichtshaus und ein Gefängniß standen fertig aufgerichtet und wurden auch schon benutzt, denn es fehlte nur noch das Dach zu beiden, mehre kleine Stores oder Läden waren etablirt, in denen der fleißige Städter Whiskey beim Quart und Kaffee, Zucker und Kattun, wie Schuh und Stiefel, Ackergeräth, Kochgeschirr etc. etc. etc., kaufen konnte, und zwei Schul- und Kirchengebäude, das eine den Presbyterianern, das andere den Baptisten gehörig, standen zum frommen Dienst bereit und wurden von der gottesfürchtigen Gemeinde gar häufig benutzt.

Wie es nun aber stets bei so neuerrichteten und gegründeten Städtchen geht, so sammelte sich auch dort ein buntes Gemisch von allerlei oft recht wunderlichen Leuten, und wo viel gute und ordentliche Menschen sind, da bleibt es fast nie aus, daß sich auch ein parr rauhe, wilde und nichtsnutzige Gesellen mit einschwärzen, die dann so lange mit der übrigen Bevölkerung auf einem Fuß stehen und mit ihr gleiche Achtung und gleiche Rechte genießen, bis sie entweder selbst sehen, daß die Zeit naht, wo sich jeder brave Mann von ihnen fern hält und sie ihr Wesen nicht länger treiben können, oder die Gemeinde auch fest und entschlossen auftritt und sie ausstößt.

Ein solcher Bursche, zu allem Schlechten fähig und zu nichts Gutem zu gebrauchen, war ein junger Kentuckier, Hills, der sich eine Zeitlang auf dem Monongahelafluß als Flatbootmann herumgetrieben hatte, und nun einmal versuchen wollte, ob er's nicht schneller und bequemer »in der Stadt« zu etwas bringen könne.

Er lebte oder »boardete« wie man dort sagt, im Hause eines Irländers, eines braven fleißigen Mannes, der mit seiner jungen Frau erst kürzlich aus dem alten Vaterlande herüber gekommen, und von einem der sogenannten Landhaye in New-York auch gleich beredet worden war, sich hier in Seneka, der künftigen Königin aller westlichen Städte anzukaufen und niederzulassen. Hills aber, der an nichts Heiliges, weder im Himmel noch auf Erden glaubte, fand Gefallen an der jungen Irländerin und suchte sich ihr, wenn ihr fleißiger Mann sein kleines Grundstück bearbeitete, zu nähern und sie sich geneigt zu machen. Diese aber wies ihn ernst und strenge zurück und drohte endlich, als Alles das nichts half, ihren Mann von dem nichtswürdigen Betragen seines Hausgenossen in Kenntniß zu setzen.

Eine Zeit lang schüchterte das den Kentuckier ein, denn der Irländer war ein kräftiger Gesell und verstand sicherlich, was seine Hausrechte betraf, keinen Spaß; eines Abends aber, als er der jungen Frau im Walde begegnete, die gerade eine kranke, nicht sehr entfernt wohnende Freundin besucht hatte, und nun zu Hause zurückkehren wollte, schloß er sich ihr an und wurde nach wenigen miteinander gewechselten Worten so frech und zudringlich, daß sie ihm mit lauter Stimme drohte, um Hülfe zu rufen, wenn er sich nicht gleich entferne, als plötzlich mit zorngerötheten Wangen und finster zusammengezogenen Braunen ihr Mann aus den benachbarten Büschen sprang und im nächsten Augenblick neben dem erbleichenden Kentuckier stand.

Was an jenem Abend weiter vorgefallen hat nie ein Mensch erfahren, am nächsten Morgen aber fand man, durch Blut in der Straße aufmerksam gemacht, den Kentuckier mit zerschmettertem Schädel im Gebüsch liegen. Er schien schon mehrere Stunden todt, und jede Hülfe kam zu spät. Noch an demselben Abend wurde er begraben.

Wüthend durchtobten aber indessen die Freunde des Ermordeten die kleine Ansiedlung und forschten nach dem Mörder; ja selbst der stillere Theil der Bevölkerung, die Baptisten und Presbyterianer, waren entrüstet, daß in ihrer ruhigen und frommen Gemeinde so etwas vorgefallen war. Durch einen kleinen Knaben ward endlich der Verdacht auf den Irländer gelenkt, denn dieser hatte ihn noch spät Abends mit seiner Frau zu Hause kommen gesehen, und zwar gerade aus jenem Weg, neben welchem die Leiche lag und der kleine Bursche behauptete dabei steif und fest, der Irländer sei blutig im Gesicht gewesen.

Man forschte jetzt genauer nach, durchsuchte das Haus und fand – sorgfältig hinter einer großen Kiste versteckt, eine baumwollene Jacke, an welcher noch frische Blutflecken nicht zu verkennen waren. Zwar behauptete Mac Ferson (der Name des Iren), einen Hirsch erst an dem Nachmittag erlegt und den Kentuckier wohl gesehen, aber keinen Streit mit ihm gehabt zu haben; in seinem ganzen Wesen ließ sich aber dabei eine gewisse Verlegenheit nicht verkennen, und weder seine Betheuerungen »er sei unschuldig,« noch die Bitten seiner Frau halfen ihm etwas; er wurde gebunden und in das Gefängniß – ebenfalls ein aus starken Stämmen errichtetes Blockhaus – abgeführt.

Dort blieb er den Tag seinen einsamen Betrachtungen überlassen, und wurde am nächsten Morgen, da gerade Gerichtstag im Städtchen war, vor seine Richter, vor die Geschworenen gestellt. Hier aber schien leider Zeugniß auf Zeugniß *gegen* den armen Teufel auftauchen zu wollen, denn außer dem blutigen Kleidungsstück hatte man noch ganz nahe bei seiner Wohnung einen ebenfalls mit Blut befleckten schweren Knittel gefunden, und mehrere Einwohner sagten dabei aus, Mac Ferson habe sich mehre Male gegen sie geäußert, er glaube, seine Frau gefalle dem Kentuckier, und er wolle sich nur erst Beweise verschaffen, ehe er ihn fühlen lasse, was es heiße, den Rechten eines Irländers zu nahe zu treten. Mac Ferson leugnete dies auch nicht, blieb aber bei seiner Behauptung, an dem Nachmittag keinen Streit mit dem Kentuckier gehabt, ja kein einziges Wort mit ihm gewechselt zu haben und betheuerte nur in einem fort seine Unschuld.

Der Staatsanwalt versuchte jetzt ihn durch Kreuzfragen zu verwirren, Mac Ferson war aber nicht der Mann, der sich, wenn wirklich schuldig, durch einen Advokaten außer Fassung bringen ließ – er blieb dabei, das an der Jacke gefundene Blut sei von einem Hirsch, und man sah sich gezwungen, ihn aufzufordern, die Männer zu der Stelle hinzuführen, wo er den Hirsch geschossen habe. Der Ire war auch gern bereit dazu, aber erst seit kurzer Zeit in Amerika, behauptete er mit dem Wandern im Walde nicht recht vertraut zu sein, indem er nie genau wisse, nach welcher Richtung er sich wenden solle, sobald er einmal mitten zwischen den Bäumen sei, den Ort also auch nicht wiederfinden könne, wo er das Wild erlegt und aufgebrochen hätte. Er bat daher die Richter nur, in dieser Gegend herum mehrere Männer zu postiren, die dann bald aus dem Flug der Aasgeier erkennen könnten, nach welcher Richtung zu die im Walde zurückgelassene Beute läge.

Er war dabei so ernst und ruhig, blieb sich in allen seinen Antworten so gleich, und widersprach sich nicht ein einziges Mal, so daß die Männer, die sein Urtheil sprechen sollten, wirklich anfingen, trotz allen vorliegenden und fast unumstoßbaren Beweisen, an seine so fest betheuerte Unschuld zu glauben und den Bitten des Gefangenen willfahrten. Vergebens aber blieb ihr Suchen; alle Bussards und Adler schienen die Gegend verlassen zu haben, und erst am dritten Tag, als man auch noch ein kleines Scalpiermesser bei ihm gefunden hatte, was der Ermordete an demselben Abend, wo er erschlagen worden, in dem nächsten kleinen Laden aus der Scheide gezogen, um Brod damit abzuschneiden, glaubte man hinlängliche Beweise (*circumstantial proofs*) zu besitzen, ihn auch ohne sein Eingeständniß zum *Tode durch den Strang* zu verurtheilen.

Er lauschte dem Spruch ruhig und ohne eine Miene zu verziehen, nur nahm sein Gesicht eine fast noch bleichere, leichenähnlichere Farbe an und er sagte dann, sich mit leiser aber doch deutlich klingender Stimme an die Geschworenen wendend, »daß er sie nicht tadeln könne, sie haben ihre Schuldigkeit gethan, Alles scheine gegen ihn zu sprechen und die Menschen müßten ihn wohl für schuldig halten, Gott aber wisse, wie er schuldlos sei, und wenn es mit seinen weisen Rathschlüssen übereinstimme, so werde er ihn auch wohl noch zu retten und seine Unschuld dazuthun wissen.«

So rückte der letzte Abend heran, und seine Frau, der man den Zutrit zu ihm natürlich gestattete, blieb mehrere Stunden in der engen Zelle, hielt sich aber sehr gefaßt und ruhig und sprach ihm sogar Muth ein – Gott werde ihn schon nicht in dem fremden Lande verlassen – er solle nur auf ihn bauen. Mac Ferson verlangte dann nach dem Priester; es war aber in der ganzen Ansiedelung kein katholischer Geistlicher, und der Ire bat dann, ihm einen Prediger der Baptisten zu senden, da er sich nach dem Trost der Religion sehne, wenn dieser auch aus einem nicht katholischen Munde käme.

Das freute die Baptisten ungemein und machte ihm ihre Herzen sehr geneigt. Der Prediger der kleinen Schaar, ein kleiner hagerer Mann, mit einem etwas abgetragenen blauwollenen Frack, sehr eingefallenen Wangen und etwas stieren gläsernen Augen, auf der scharfgebogenen Nase eine gewaltige Brille, säumte denn auch nicht lange, und versicherte ihm nach kurzer Unterredung, daß er, sei er nun des angeklagten Verbrechens schuldig oder nicht, in wenigen Stunden am Throne des Höchsten Verzeihung für seine Sünden und Gnade in den Augen des Allerbarmers finden würde.

Mac Ferson betete wohl bis zwölf Uhr in dieser Nacht mit dem frommen Manne, beichtete ihm alle seine Sünden, gestand auch, wie er schon, seit er das freie Land Amerika betreten, gewünscht habe dem katholischen Glauben zu entsagen und sich den Baptisten anzuschließen, deren einfache Formen ihm stets am meisten zugesagt, und bewies sich so zerknirscht, so weich und religiös, daß der Prediger diesen Augenblick nicht ungenützt vorüber lassen zu dürfen glaubte, und dem Verurtheilten noch einmal dringend an's Herz legte, das letztverübte Verbrechen zu gestehen, damit er vor Gott Nichts habe, was noch einen schwarzen Schatten auf seine Seele werfen könne. Hier blieb der Unglückliche aber verstockt und behauptete nur, der liebe Gott wollte ihn durch diesen unverschuldeten Tod für all' seine früheren Sünden und Laster strafen, an dem vergossenen Blute sei er jedoch unschuldig und der Kentuckier müsse von einem Anderen erschlagen sein.

»Ich habe einen Verdacht,« sagte er dann wie überlegend nach kurzer Pause, »aber er ist zu weit hergeholt, zu unwahrscheinlich, als daß ich es gewagt hätte, ihn vor den Geschworenen zu äußern; es würde meine Sache vielleicht noch verschlimmert haben.«

»Aber *mir* könnt Ihr ihn entdecken, armer Mann,« sagte der Prediger – »meinem Herzen könnt Ihr ihn vertrauen; wer weiß, ob nicht vielleicht dadurch noch Rettung für Euch möglich ist.«

»Ach nein, ehrwürdiger Herr,« erwiederte der Ire – »der Verdacht ist zu wild, zu oberflächlich, doch *Ihr* sollt ihn hören. Erst vorgestern äußerte der Kentuckier – wie auch allenfalls meine Frau bezeugen könnte, denn wir saßen zusammen am Tisch – daß er glaube einen Menschen hier in der Gegend gesehen zu haben, der seinen Wohnort umschliche, und dessen Anwesenheit er eigentlich fürchten solle, da er ihn früher einmal tödtlich beleidigt habe. Damals achteten wir nicht sonderlich auf die Worte, jetzt aber, da der Unglückliche erschlagen ist, kann ich kaum umhin zu glauben, daß jener Fremde die That verübt hat.«

»Aber weshalb erwähntet Ihr diesen so wichtigen Umstand nicht bei Euerem ersten Verhör?« rief der Prediger aus. »Man hätte in der benachbarten Gegend nachforschen und den Mörder, wenn es wirklich jener Fremde war, vielleicht auffinden können.«

»Ich wußte nicht gewiß, ob Jener der Thäter sei,« sagte der Ire mit frommen zum Himmel gerichteten Blicken, »und wollte keinen Unschuldigen in's Verderben bringen.«

So lange blieben die beiden Männer nun noch im Gespräch und Gebet zusammen, bis der Diener des Herrn fast wirklich von der Unschuld des armen Irländers überzeugt war; das einmal gesprochene Urtheil ließ sich aber einer solchen oberflächlichen Vermuthung nach nicht abändern, und die Stunde rückte heran, in welcher der zum Tode Verdammte die Strafe für ein Verbrechen erleiden sollte, das er, wie jetzt ein großer Theil der Bewohner von Seneka zu glauben anfing, gar nicht begangen. Der Baptist hatte nämlich seiner ganzen Gemeinde am nächsten Morgen das in der Nacht erhaltene Geständniß des armen Iren mitgetheilt, wobei er nicht zu erwähnen vergaß, mit welch frommem Herzen er sich ihrer Religion zugeneigt und dem Papstthum entsagt habe, und wer weiß, ob nicht schon aus diesem Grunde eine Art Gnadenakt zu seinen Gunsten ausgeübt wäre, hätten sich die Presbyterianer dabei nicht in's Mittel geschlagen, die schon das mit neidischen Augen betrachtet hatten, daß der Katholik die Religion der Baptisten der ihren vorgezogen.

Der Baptistenprediger suchte etwa zwei Stunden vor der Execution den Verurtheilten wieder auf und frug ihn, ob er vielleicht noch wünsche, seine Frau vor seinem Tode zum letzten Mal zu sehen; Mac Ferson verneinte das aber, indem er sagte, er habe schon Abschied von ihr genommen, und wolle sich das Sterben nicht durch eine zweite solche Scene erschweren. Sein ganzes Benehmen war aber an diesem Morgen so sonderbar, so eigenthümlich, daß es nicht umhin konnte, dem frommen Manne aufzufallen, der dann natürlich gar eifrig in ihn drang, ihm das zu entdecken, was seine Seele noch belaste, damit er rein und sündenfrei vor den Thron des Höchsten treten könne. Der Baptist glaubte nicht anders, als Mac Ferson fange an, durch die Nähe seiner letzten Stunde geängstigt, sein bisheriges verstocktes Leugnen zu bereuen, und wolle nun bekennen, daß er das Verbrechen doch begangen habe.

Mac Fersons ganzes Benehmen schien ihn auch darin zu bestärken, denn erst war er unruhig, ging mit etwas verstörten Blicken in dem engen Raume auf und ab, und beantwortete fast alle an ihn gerichteten Fragen zerstreut und wie mit ganz andern Dingen beschäftigt. Der Mann Gottes bat ihn zwar mehrere Male, seine Blicke nun der Ewigkeit zuzuwenden, an deren Pforten er in wenigen Minuten stehen würde; der Ire schien jedoch das Alles nicht zu beachten, preßte aber oft die Hände gegen die Stirn, als ob ihn ein wilder Traum schrecke oder irgend ein, vor seiner Seele ansteigendes Bild ängstige, bis endlich die Stunde schlug, die zu seiner Hinrichtung bestimmt war, und erst als er den nahenden Sheriff hörte, da warf er sich auf die Kniee nieder, betete mit leiser flüsternder Stimme ein kurzes Gebet, und gestand nun dem Prediger, er habe einen Traum gehabt, von dem er nicht wisse, ob er ihm von Gott, oder von dem Erzfeind, dem Teufel, gesandt sei.

Der Prediger drang jetzt in ihn, ihm den Traum mitzutheilen, der Gefangene wies aber auf den eben eintretenden Sheriff, der mit zwei Constablen in der Thür erschien, und flüsterte leise:

»Es ist zu spät!«

»Nein Mann – nein – es ist *nicht* zu spät,« rief der fromme Geistliche entsetzt, »das wolle Gott verhüten, daß Ihr in Euerem letzten Augenblick daran verhindert werden solltet mir mitzutheilen, was Euere Seele peinigt – nein – der Sheriff ist ein braver Christ und wird sicherlich nicht solche Verantwortung vor Gott auf sich nehmen wollen.«

Dieser versicherte auch dem Geistlichen augenblicklich, daß er gern bereit sei, noch eine Viertelstunde zu warten, die Zuschauer wären aber versammelt, und länger dürfe er den Ausspruch des Gesetzes nicht verzögern. Er zog sich dann nebst seinen Begleitern zurück und mehre Sekunden sah ihm Mac Ferson sinnend und ernst nach; dann aber wandte er sich an den frommen Mann und sagte mit fester, ruhiger Stimme:

»Ich sehe, ich darf nicht länger zögern; der Augenblick, der mich mit meinem Gott vereinen soll, ist gekommen. Vorher, ehrwürdiger Herr, erfahren Sie aber noch einen Traum, den ich in letzter Nacht geträumt und der mir in diesem Moment fast mehr als Traum scheint – ich habe den Mörder des Kentuckiers gesehen!«

»Großer Gott – wär' es möglich!« rief der Prediger, überrascht von seinem Stuhle aufspringend, »hätte Euch Gott in seiner unendlichen Güte den wahren Mörder gezeigt und wäret Ihr wirklich unschuldig? Wer war es?«

»Ich kenne ihn nicht.«

»Keiner aus dieser Stadt?«

»Nein!«

»Und Ihr habt ihn früher nie gesehen?«

»Nie!«

»Aber was, um des Heilandes willen, soll Euch das nützen? wer wird Euch glauben? wie wollt Ihr den Mann zur Stelle schaffen?«

»Ich kenne seinen Aufenthalt« –

»Ihr? aber woher?«

»Ich sah ihn im Traum – doch hört mich und sagt mir nachher, was ich thun, ob ich schweigen oder dem Volk den Traum bekannt machen soll. Mir war, als ob ich langsam, mit meiner Axt auf der Schulter, durch den Wald, und zwar auf demselben Fahrweg, auf dem der Mord geschehen, hinschlenderte, als ich plötzlich um eine Ecke bog, die hier durch dichtes Gestrüpp und einige umgestürzte Fichten gebildet wurde. Was ich dort wollte, weiß ich nicht mehr, denn ich bin nie so weit mit der Axt in dem Walde gewesen, aber mir war wunderbar leicht zu Muthe und ich hätte von der Erde auffliegen und über die Baumwipfel dahinstreichen mögen. Es kommt Einem ja manchmal im Traum ein ähnliches Gefühl. Da, wie gesagt, bog ich um jenes Dickicht herum und sah ein Schauspiel vor mir, das mir das Blut in den Adern zu Eis erstarren machte. Mitten im Fahrweg lag die große, kräftige Gestalt des Kentuckiers, und über sie hingebeugt, eben wieder zu erneutem Schlage ausholend, stand ein schlanker, schmächtig gebauter Mann, mit rabenschwarzem Haar, einer breiten Binde um das linke Auge, die sein halbes Gesicht verdeckte, und einem gelben, breiträndigen Strohhut auf dem Kopfe. Er trug ebenfalls einen hellen Rock, und wenn ich nicht irre, blaue Beinkleider und Schuhe.«

»Sie erstaunen vielleicht, daß ich das Alles so deutlich und genau behalten konnte, aber als ich den Mörder gewahr wurde, stand er, wie aus Stein gehauen, mit der gehobenen Waffe über seinem Opfer, und mehrere Minuten lang verharrten wir Beide so, starr und regungslos, wie die uns umgebenden Riesenstämme des Waldes.«

»Da fand *ich* zuerst Leben und Bewegung wieder und stieß einen lauten, durchdringenden Hülferuf aus, denn jetzt durchzuckte mich wie mit Blitzesschnelle der Gedanke: *dort* steht der wirkliche Mörder und *Dich* wird man dafür bestrafen, wenn *Du* ihn nicht ergreifst und festhältst. In demselben Augenblick aber begann auch der finstere Fremde sich zu regen; der schwere, keulenartige Stock fiel noch einmal mit dumpfem Schall auf den schon zerschmetterten Schädel des unglücklichen jungen Mannes nieder, und eilenden Laufes entfloh dann der feige Mörder in das Dickicht. Mir aber ward es in diesem Augenblicke klar. »*Er oder Du!*« rief ich mir zu, und mit einer Schnelle, die ich damals selber nicht begreifen konnte, folgte ich dem Flüchtling in das wildeste Dickicht der Niederung.«

»Wohl erinnere ich mich, wie ich dabei über meine eigene Kenntniß der Waldpfade erstaunte, ich, der ich sonst kaum zwanzig Schritte weit den gebahnten Weg zu verlassen wagen durfte, aus Furcht, mich zu verirren. So folgte ich dem Mörder, dessen leichte Gestalt immer in gleicher Entfernung vor mir blieb, den ich aber nicht zu erreichen vermochte, bis es mir endlich vorkam, als ob ich ihm, zwar langsam, aber doch sicher, näher und näher rücke.«

»Eine Stunde waren wir auf diese Art, wie mir träumte, gerannt, als wir eine Gegend erreichten, die mir bekannt schien, und ich sah bald, daß wir in einem weiten Bogen Seneka umlaufen hatten. Wir befanden uns nicht weit von der großen Straße nach Pittsburg, gerade da, wo die beiden tiefen Höhlen in den Berg hineingehen, und der Verfolgte mußte wohl in einer derselben Schutz suchen wollen, denn ich war ihm jetzt dicht auf den Fersen und hatte schon die Axt erhoben, um ihn vielleicht zu treffen und nieder zu werfen – – als Sie, ehrwürdiger Herr, an die Thüre klopften. Ich fuhr erschreckt empor und – erwachte. Der Traum war verschwunden und anstatt frei im Walde, auf der Spur des wirklichen Thäters, fand ich mich wieder gebunden und eingekerkert, wie ein zur Schlachtbank bereit gehaltenes Opferthier.«

Mac Ferson warf sich stöhnend auf sein Lager zurück und der Prediger stand tief erschüttert neben dem Unglücklichen, den er nicht einmal zu trösten vermochte. Da mahnte ihn das wiederholte Klopfen des Sheriffs an die ihres Opfers harrende Gerechtigkeit und er schritt schnell zur Thür, diese zu öffnen. Rasch hatte er aber auch seinen Entschluß gefaßt, und dem eintretenden Beamten den Gefangenen überlassend, rief er diesem nur mit wenigen Worten zu, noch nicht zu verzagen, der alte Gott lebe noch, und eilte dann flüchtigen Schrittes dem Executionsplatz zu, wo schon die ungeduldig harrende Menge an zu murren, ja an zu toben fing, daß man die versprochene Hinrichtung so lange – verschiebe. – Dieselben Männer, die noch nicht einmal recht von der Schuld des Verurtheilten überzeugt waren, murrten, daß sie eine Viertelstunde länger seinen *Tod* erwarten sollten.

Da kam schnellen Schrittes der Prediger herbei – er bestieg das Schaffot, mit kurzgefaßten aber klaren und zum Herzen dringenden Worten rief er von dem todmahnenden Gerüst seine Überzeugung herab, daß der Angeschuldigte das Verbrechen *nicht* begangen, Gott selbst aber ihm durch einen wunderbaren Traum den Mann gezeigt, ja offenbaret habe, der schuldig und zum Tode reif sei.

Mit wenigen Worten erzählte er nun den ganzen Traum Mac Fersons, und wenn auch zwei gerade anwesende presbyterianische Geistliche sehr mitleidig darüber mit den Köpfen schüttelten, so war doch das Volk selbst nur zu gern bereit, einer so geheimnißvollen Enthüllung eines Verbrechens Glauben zu schenken und mit Jubelruf wurde der jetzt herbeigeführte Gefangene empfangen. Zwar hielten die Constabel die Masse zurück und ließen sich den ihnen Überlieferten nicht entreißen, aber dem ganzen Andrang der Menge konnten sie nicht widerstehen. Alles tobte und schrie:

»Nach den Höhlen! – nach dem Schlupfwinkel des Mörders! Gott selber hat seinen Versteck dem rächenden Arme des Gerichts verrathen! nach den Höhlen – fort nach den Höhlen!«

Und den Gefangenen in der Mitte, von dem Baptistenprediger angeführt, wogte die Menge dem etwa drei Meilen entfernten Gebirgszweig zu, an dessen Fuß sich jene, in der Ansiedlung genugsam bekannten Höhlen befanden, in die, wie der Traum gesagt, der Verbrecher geflohen war. Die breitausgehauene Countystraße führte auch in kaum fünfhundert Schritten daran vorüber und auf dieser hin wälzte sich der Zug in unaufhaltsamer Eile. Dort aber angelangt, wo die Männer die befahrene Straße verlassen und die pfadlose Wildniß betreten mußten, hielt sie ein alter Backwoodsman, ein Freund des erschlagenen Kentuckiers, auf und erklärte, daß sie, wenn sie auf solche Art noch weiter vorrückten, den Flüchtling im Leben nicht einholen würden, der ja schon eine halbe Stunde vor ihrer Ankunft den Lärm hören mußte, den sie machten, und dann natürlich nicht warten werde, bis sie herankämen und ihn einfingen. Er schlage daher vor, daß man sechs oder acht Jäger voranschicke, die sich anschleichen und das Terrain vorher recognosciren sollten; bemerkten diese dann vor den Höhlen und in der Nachbarschaft derselben nichts Verdächtiges, dann war es ja noch Zeit, die ganze Masse herbeizurufen.

»Haben wir nachher den Raum umzingelt,« fuhr der rauhe Backwoodsman in seiner Rede fort, »so kann uns nichts Lebendes, was in den Höhlen steckt, entgehen, denn die mitgebrachten Fackeln werden Licht genug geben; und finden wir ein solches Subject, wie unser Gefangener hier im Traum gesehen haben will, nun gut, so mag der seine Stelle einnehmen, denn wenn er ein gutes Gewissen hätte, triebe er sich nicht in den Schluchten und Felsecken herum. Finden wir aber *Nichts*, wie es mir fast am wahrscheinlichsten vorkommt, so schlag' ich vor, daß wir dann mit dem Wunder sehenden Mosje keine weiteren Umstände machen, sondern ihn an die erste beste

Eiche aufhängen, denn umsonst soll er uns doch, beim Teufel, nicht in den April geschickt haben.«

Dieser Plan schien allgemein anzusprechen, schnell und geräuschlos wurden die Männer ausgewählt, die den Grund und Boden vorher recognosciren sollten, und der Sprecher, zum Führer ernannt, ordnete systematisch, wie bei einer Treibjagd, den Plan zum Vordringen.

Nach einigen, mit dem Gefangenen gewechselten Worten, hielt aber der Baptist die eben aufbrechenden Männer noch zurück, und schärfte ihnen besonders ein, den, den sie da treffen würden, lebendig einzufangen, da sie sich ja sonst gar nicht von der Unschuld des Verurtheilten überzeugen könnten; das sahen denn die einfachen Hinterwäldler auch recht gut ein und versprachen, ihr Blei zurückzuhalten, so lange es ginge. »Will er aber *in spite* auskratzen,« rief Einer, indem er seine Büchse schulterte, »nun dann will ich von Grashüpfern zu Tode getreten werden, wenn ich ihm nicht eins mit meiner langen Betsy auf den Pelz brenne; fort kommt er nicht, wenn er Knochen genug zeigt, um darnach zielen zu können.«

Im nächsten Augenblick waren die Männer im Walde verschwunden und Mac Ferson warf sich auf die Kniee nieder, preßte das Angesicht gegen die Wurzel einer alten hochstämmigen Eiche und betete inbrünstig. Sein Antlitz hatte eine wirklich unheimliche Leichenfarbe angenommen und seine blutunterlaufenen Augen starrten, ehe er sich zum Gebet niederbog, wild von einem der Zurückbleibenden zum andern.

Doch wir wollen indessen den Kundschaftern folgen, die, ihre Büchsen vorher untersuchend und die Messer in den Scheiden lockernd, langsam vorrückten, um sich nicht vor der Zeit zu verrathen. Leslie, der Führer der Schaar, gab endlich, an einer kleinen Waldblöße angelangt, das Zeichen zum Halten, um seine Leute zu vertheilen, und versammelte diese nun leise um sich, während er, erst nach allen Seiten einen scheuen Blick hinüber werfend, flüsternd sagte:

»Hört, Ihr Burschen, mir wird's ganz unheimlich und schauerlich zu Muthe. – Hol' mich Dieser und Jener, 's ist doch curios, einem Menschen nachzujagen, den ein anderer im Traum gesehen hat – es wird Einem ganz grauslich dabei.«

»Der Prediger hat aber doch auch gesagt, daß wir gehen sollten,« bemerkte ein Anderer.

»O der Prediger mag zu – Grase gehn!« rief Leslie, »deshalb thu' ich's beim Teufel nicht – ich will nur sehen, ob so ein Schuft noch da herumkriecht, der heimtückischer Weise einen Mann wie Hills zu erschlagen gewagt. – Oder ich will mich wenigstens selber überzeugen, daß *Keiner* da ist,« fuhr er, ärgerlich mit dem Fuße stampfend, fort, »denn – Tod und gelbes Fieber – verdammt will ich sein, wenn ich ein Wort von dem ganzen Unsinn glaube.«

Der alte ehrliche Backwoodsman suchte durch halbunterdrücktes Fluchen das unheimliche Gefühl zu ertödten, das sich ihm unwillkürlich aufdrang; er selbst aber zweifelte keinen Augenblick, daß hier irgend ein böser Geist, vielleicht gar der Teufel, sein Spiel treibe, und begriff nur nicht recht, was die Prediger dabei zu thun hätten.

So beschränkt aber auch seine Ideen in geistiger Hinsicht sein mochten, so ganz war er am Platz, wo es galt, einen Feind zu beschleichen oder irgend einen vermutheten Lagerplatz, wie es hier der Fall war, zu umzingeln. Schnell und umsichtig traf er seine Maßregeln. Er kannte auch das Terrain genau und wußte, nach welcher Richtung hin ein Mensch, der sich hier wirklich verborgen halten wolle, entfliehen könne, sobald er Gefahr ahne, und nur Einen deshalb auf einem Umwege dem steilen Bergkamm zusendend, in dessen Fuß die Höhlen hineinliefen, postirte er die Übrigen in einen weiten Halbkreis und gab, durch täuschend nachgemachten Eulenruf, das Zeichen zum gemeinschaftlichen Vorrücken.

Er selbst aber glitt, von einem jungen Hinterwäldler allein gefolgt, auf einem schmalen Fußpfade, der gerade zu den Höhlen hinführte, weiter, und eine kleine Anhöhe übersteigend, sah er plötzlich Rauch von dorther durch die hohen Kiefernwipfel emporwirbeln.

Ein zweiter Eulenruf fesselte Jeden an die Stelle, auf der er sich befand, und Leslie kroch nun auf beiden Knieen und auf den linken Ellbogen gestützt, während er die treue Büchse mit der Rechten fest auf der rechten Schulter hielt, jenem Orte zu, von woher der Rauch zu kommen schien.

Der Wald bestand hier größtenteils aus Nadelholz, mit sehr wenig Unterholz vermischt, der Boden war deshalb auch fast einzig und allein mit Fichtennadeln bedeckt, und geräuschlos – hier und da die niedergebrochenen, trockenen kleinen Äste und Zweige vermeidend, um sich nicht durch das Knacken derselben zu verrathen – schlich der geübte Jäger dem Eingang der ersten Höhle näher und immer näher. Gerade auf dem Kamm der ziemlich flachen Anhöhe lag jedoch eine umgestürzte Fichte, mit der Wurzel der verdächtigen Stelle zu, und sich vorsichtig um den Wipfel herumbiegend, glitt er am Stamme hin und befand sich nun hinter dem Erdwall, der in den durch den Sturz der Riesin mit ausgerissenen Wurzeln hängen geblieben war. Hier aber kauerte er mehrere Sekunden lang laut- und regungslos nieder – das Herz schlug ihm schwer und ängstlich in der Brust, und er getraute sich kaum den Kopf zu heben, um über das niedere Bollwerk hinwegzuschauen. Dort sollte er ja das Wesen sehen, das er, er wußte selbst nicht weshalb, zu den Überirdischen rechnete, weil seine Existenz einem Sterblichen durch ihm unbegreifliche Mittel verrathen war, und lange konnte er sich nicht entschließen, das mit eigenen Augen zu erblicken, was zu glauben sein Verstand sich sträubte. Endlich faßte er ein Herz, hob leise den Kopf empor und – hätte vor Überraschung fast laut aufgeschrieen, denn in kaum zweihundert Schritten Entfernung – das Gesicht ihm zugewandt – saß – Zug um Zug – die von dem Gefangenen beschriebene Gestalt.

Ein schmächtiger, bleicher junger Mann, mit rabenschwarzem Haar, einer breiten Binde um das linke Auge, die das halbe Gesicht verdeckte, und mit einem gelben, breitrandigen Strohhut auf den dunkeln Locken – dazu der helle Rock und die blauen Beinkleider – es war der im Traum gesehene Mörder, bis auf das Kleinste, Unbedeutendste der Beschreibung herab. Selbst seine Stellung verrieth die That, die er begangen, denn ängstlich, halb vorgebeugt saß er, wie zum Sprunge bereit, neben dem Feuer, und schien die Gegend, in welcher sich Leslie gerade befand, mit seinem Blick zu überfliegen, als ob er von dorther Jemanden erwarte oder zu sehen fürchte.

»Weshalb, um aller guten Geister Willen, lagert das Menschenkind hier?« frug sich Leslie unwillkürlich – »und ist es überhaupt ein Menschenkind?« fuhr er dann leise schaudernd fort. »Doch Alles eins – Mensch oder Teufel – Du bist der, welcher meinen Freund erschlagen hat, und fort kommst Du nicht mehr.«

Mit dem Adlerblick des Jägers überflog er die ganze Gegend und sah bald, daß der Flüchtling, nach dem wie er seine eigenen Leute postirt hatte, ihnen nicht mehr entgehen konnte. Auf der einen Seite starrte steil und kahl der nackte Felsenkamm empor, in dessen Fuß sich die Höhlen befanden; zur Linken tobte der kleine, durch die Bergwasser angeschwellte Strom; und hätte er diesen auch durchschwimmen wollen, so erwarteten ihn doch drüben die wackeren Männer von Seneka, die bei solchen Gelegenheiten gerade nicht mit sich spaßen ließen. Alle andern Schluchten und Anhöhen waren ebenfalls von den Jägern und Backwoodsmen besetzt, und Leslie, darüber beruhigt, schlich nun eben so leise zurück als er gekommen, ließ den jungen Mann, der ihn begleitet hatte, die Übrigen von seinem Plane in Kenntniß setzen, und auf sein gegebenes Zeichen brachen von allen Seiten zugleich die in dunkles Hirschleder gekleideten Gestalten aus dem Dickicht hervor und sprangen, flüchtigen Panthern gleich, mit vorgehaltenen Büchsen auf den Fremden ein. Dieser aber, durch das Plötzliche des Überfalls betäubt, stieß einen gellenden Angstschrei aus und warf sich dann, ohne weiter einen Versuch zur Flucht oder zum Widerstand zu machen, mit dem Antlitz auf die Erde nieder. Er schien jeder Hoffnung auf Rettung entsagt zu haben und die Männer, die ihn zuerst erfaßten und vom Boden emporrissen, fühlten, wie seine Glieder zitterten und seine ganze Gestalt erbebte.

»Hund!« schrie der kräftige Leslie aber jetzt, und hob die eiserne Faust zum Schlage auf – »Hund – feiger – nichtswürdiger Hund, der Du bist – Du also hast es gewagt, die Hand an den kräftigsten Burschen zu legen, den je Kentucky's Boden getragen? Du – Gedanke von einem Manne, den man erst *träumen* muß, um seiner habhaft zu werden.«

Der Fremde hob die Arme flehend empor und wimmerte »Gnade!« Leslie aber schien wenig geneigt, ihm diese angedeihen zu lassen; denn seine hammerartige Faust sollte eben auf seinen Schädel niederfallen, und wer weiß, ob der Sheriff dann nicht bei der ganzen Verhandlung unnütz gewesen wäre; der eine Constabel aber lenkte den Schlag des Erzürnten zur Seite, daß er machtlos an der Schulter des Knieenden niederglitt, und rief:

»Schämt Euch, Leslie – wollt uns Leute vom Gericht um das Unsrige bringen – der ist dem Strick verfallen – so gönnt ihm den auch.«

Ehe aber noch Leslie ein Wort darauf zu erwidern vermochte, drängte sich die übrige Masse der Männer und Frauen herbei, die es nicht länger ausgehalten hatten, das Resultat in Ungewißheit zu erwarten. Den Gefangenen führten sie in ihrer Mitte und schon von weitem riefen einzelne Stimmen:

»Ist er es? ist es der Mörder, den Mac Ferson im Traum gesehen?« Kaum aber hörten sie das antwortende »*Ja*« – das »kommt schnell – wir haben ihn – er fleht um Gnade!« da stieg ein wildes Jubelgeschrei in die Luft und Alles drängte jetzt in wilder Eile vor, den zu sehen, der durch Gott selbst den Gerichten überliefert worden. Den bisherigen Gefangenen beachtete Keiner mehr; nur ein Knabe von zehn oder eilf Jahren, auch ein Irländer, der mit Mac Ferson auf einem Schiff herübergekommen war, hatte sich bis jetzt dicht zu ihm gehalten, und als er nun, von Allen zurückgelassen, allein stehen blieb, da ihm seine auf den Rücken zusammengebundenen Hände nicht verstatteten, so schnell fortzukommen, glitt er schnell hinter ihn, schnitt ihm mit einem haarscharfen Messer die Bande durch, drückte ihm in der nächsten Secunde den Griff des Stahls in die Hand und folgte dann in flüchtigen Sätzen den Übrigen. Mac Ferson aber, ohne die mindeste Neugierde zu bezeigen, wie der Mann im wirklichen Leben aussähe, den er schon einmal im Traum erblickt, warf sich, als er kaum seine Hände frei und zugleich bewaffnet fühlte, hinter einem umgestürzten Baumstamm, der ihn den Blicken der Übrigen entzog, lief gebückt, aber so schnell er konnte, hinter diesem hin, kroch über den Kamm der Anhöhe hinweg, bis er diese zwischen sich und seinen bisherigen Feinden wußte, rannte dann, so schnell ihn seine Füße trugen, den Abhang hinunter in das angrenzende Dickicht, sah sich hier einen Augenblick etwas ängstlich um, schien aber bald das, was er suchte, gefunden zu haben – ein Pferd, das hier gesattelt und aufgezäumt, wie des Reiters harrend, stand, schwang sich auf dessen Rücken und sprengte, ihm die Hacken in die Seiten bohrend, in vollem Carriere gen Süden.

Wie eine zürnende Fluth ergoß sich jetzt die wogende Menschenmasse der Stelle zu, wo der so wunderbar Entdeckte noch immer wie in gräßlichster Angst und Verzweiflung auf den Knieen lag. Man riß ihn vom Boden auf und aus den wildverworrenen Fragen, die fast von jeder Lippe an ihn gerichtet wurden, schien er nicht eine einzige verstehen zu können oder zu wollen, denn er warf zuerst einen scheuen Blick im Kreis umher, und barg dann auf's Neue das Antlitz in den Händen.

Der Sheriff drängte die ihm zunächst Stehenden ein wenig zurück, bat sie ihm Raum zu machen, um den Gefangenen zu examiniren, und das Volk, willig gehorchend, beobachtete tiefes Schweigen.

»Hast Du den Kentuckier erschlagen?« war jetzt des Sheriffs erste Frage, der es nach all dem Vergangenen für ganz unmöglich hielt, daß der, den sie hier so mitten im Walde gefunden, vielleicht gar Nichts von der Sache wisse.

»Hast Du den Kentuckier erschlagen? Gestehe es, und vielleicht kann Dir noch Gnade werden!«

»Gnade?« unterbrach ihn Leslie entrüstet, ehe der Gefangene auch nur eine Sylbe zu erwidern vermochte – »Gnade? den möcht' ich sehen, der Hills Mörder begnadigen wollte. Tod und –«

»Ruhe!« tönte es von allen Seiten. »Stört den Sheriff nicht und laßt ihn thun, was seines Amtes ist – Ruhe!«

Eine augenblickliche Todtenstille folgte dem früheren Lärmen, und der Sheriff berührte auf's Neue die Schulter des Unglücklichen und sagte mit ernster und doch milder Stimme:

»Hast Du den Kentuckier erschlagen, so gestehe es – nur durch ein offenes Geständniß kannst Du noch auf Gnade oder Mitleiden hoffen. Bist Du der Mörder?«

»Gnade – Gnade!« schrie der Knieende und umklammerte die Knie des Sheriffs – »Gnade – ich will Alles gestehen.«

»Ein Wunder – ein Wunder!« riefen die Baptisten im jubelnden Chor, und der Prediger stimmte mit voller, lauttönender Stimme ein Loblied des Herrn an, in das sämmtliche Mitglieder seiner Gemeinde jauchzend einfielen.

»Wo ist Mac Ferson?« sagte jetzt der Sheriff – – »bringt ihn her, daß wir sehen, ob dies derselbe ist, der ihm im Traum erschienen.«

Die Constabel sahen sich etwas verblüfft einander an, denn Keiner von ihnen hatte mehr an Mac Ferson gedacht. Der war ja unschuldig, der in Erfüllung gegangene Traum bewies das so sonnenklar wie nur möglich. Schnell durcheilten sie jedoch die Menge, den Verlangten aufzufinden und ihn, eigentlich im Triumph, zu dem hinzuführen, für dessen Schuld er beinah hätte büßen müssen; aber vergebens schauten sie sich zu ihrem Erstaunen nach dem bisherigen Gefangenen um, der war und blieb verschwunden und sie sahen sich endlich genöthigt, dem Sheriff Anzeige davon zu machen, der dann augenblicklich nach allen Richtungen hin Botschafter ausschickte, den vermuthlichen Flüchtling zurückzubringen, ihm aber zu sagen, daß er ohne Furcht folgen möge – er sei frei; der, den ihm Gott im Traum gezeigt, habe die Schuld schon gestanden.

»Alle Wetter!« rief da der ehrliche Leslie aus, »jetzt läuft der fort, weil er dem Frieden doch nicht so recht traut, und ist ein ehrlicher Mann und ich habe ihm Unrecht gethan. Nein, Sheriff, der soll nicht lange in der Welt umherirren und sich fürchten, einem ordentlichen Kerl in's Auge zu schauen – den müssen wir wieder finden, und mein bestes Pferd soll er haben, wenn er's annehmen will, nur deshalb, weil ich ihn für einen Schurken und Mörder gehalten. Gebt Ihr aber indessen wohl auf den zitternden Hallunken acht – gnade Gott dem, der ihn entspringen läßt. Nun fort, Ihr Leute, laßt uns Mac Ferson wiederfinden – er kann noch nicht weit sein, und drüben an der Straße stehen ja alle unsere Pferde.«

Der ehrliche Backwoodsman suchte jetzt, von seinen Freunden gefolgt, den ganzen Bezirk ab, und bald entdeckten auch ihre scharfen geübten Augen die Fährten des Entflohenen; Andere waren indessen nach den Pferden abgesandt, und Leslie schwang sich bald auf seinen feurigen Rappen und sprengte mit verhängten Zügeln dem nach, dem er so entsetzliches Unrecht gethan zu haben glaubte. Die Übrigen folgten zwar noch ebenfalls eine Strecke, gaben aber die Jagd bald auf, da sie einsahen, daß sie mit dem besser berittenen Leslie nicht Schritt halten konnten.

Indessen hatte sich um den auf so wunderbare Art gefangenen jungen Mann eine ganz eigene Gruppe gebildet; noch immer barg dieser nämlich sein Gesicht in den Händen und die Frauen, die gar zu gern gewußt hätten, was er denn eigentlich für Augen habe und wie er überhaupt aussähe, drängten immer näher und näher herzu und hielten den Sheriff und den zitternden Mörder fast allein umzingelt, während die kräftigen Gestalten der zurückgebliebenen Hinterwäldler den äußeren Kreis um diesen Zirkel bildeten. Der Sheriff aber winkte jetzt dem einen Constabel, den Verbrecher aufzuheben, um ihn in die Stadt und seinem richterlichen Verhör zuzuführen; erst nach langem Sträuben gehorchte der Unglückliche aber seinen Wächtern, und mehre Male mußte ihm der Baptistenprediger zureden, sich zu ermannen, seine Sünden zu bereuen und Gott wenigstens mit seinem entsetzlichen Verbrechen auszusöhnen.

»Wo ist Mac Ferson?« flüsterte dieser endlich mit leiser, kaum hörbarer Stimme.

»Hol' mich der Henker – ob er den Namen nicht kennt,« sagte der Constabel – »der ist fort, sie werden ihn aber wohl wieder holen!«

»Fort?« rief der Gefangene mit lauter freudiger Stimme und richtete sich schnell und plötzlich hoch auf – »fort? ist er wirklich fort?«

»Jesus von Nazareth!« schrie die Frau des Presbyterianischen Geistlichen, die dicht neben dem jungen Manne stand, und sich bis jetzt vergeblich bemüht hatte, sein Gesicht zu sehen, während ihr dieser jetzt starr in's Antlitz sah – »Jesus von Nazareth, das ist ja Missis Mac Ferson.« –

»Missis Ferson?« rief Alles erstaunt durcheinander; »die Frau des Iren? seine eigene Frau? und das der Mörder?«

Judith Mac Ferson aber, denn es war in der That die Frau des jetzt glücklich Befreiten, sank wieder thränenden Auges auf ihre Kniee nieder und sandte zu dem Allerbarmer ein heißes Dankgebet empor, daß ihr die Rettung ihres Mannes so glücklich gelungen sei.

Der Sheriff sammelte sich zuerst wieder, denn die Übrigen standen wirklich alle so stumm und starr vor Überraschung, als ob sie der Schlag getroffen habe; mit blitzenden Augen trat er der schönen jungen Frau, die jetzt die entstellende Binde und den Strohhut von der dunklen Lockenfülle abwarf, entgegen und rief mit finsterem Blick und drohender Stimme:

»Unglückliche, Du hast einem Verbrecher zur Flucht verholfen und mußt nun selbst dafür seine Strafe leiden – Du kanntest die Gesetze des Landes nicht und bist in Dein eigenes Verderben gegangen. Ich verhafte Dich hiermit im Namen der Gesetze – Mrs. Mac Ferson,« fuhr er dann mit ernster, tiefer Stimme fort, indem er seine Hand nach ihrer Schulter ausstreckte – »Mrs. Mac Ferson – Sie sind meine Gefangene!«

Judith Mac Ferson hatte aber, wenn auch erst kurze Zeit in Amerika, die Charaktere der Frauen kennen gelernt, unter denen sie lebte und auf deren Schutz vertrauend sie das gefährliche Spiel gewagt. Mit schnellem Druck des Constabels Arm zurückschiebend, trat sie zwischen die erstaunt zu ihr aufblickenden Frauen und rief:

»Weg von mir, Sir – weg von mir! Ihr habt keinen Theil an mir. Habe ich ein Verbrechen begangen? Es war mein Mann – der Vater meines Kindes, den ich befreite; ist eine hier unter den Frauen von Pensylvanien, die nicht unter gleichen Verhältnissen ein Gleiches gethan hätte? Ist Eine hier von Müttern oder Weibern, die nicht willig ihr Leben daran setzen würde, den Geliebten zu befreien? *Keine* – ich weiß es, und kein Gericht des Landes wird mich deshalb strafen können. Werden aber die Frauen von Pensylvanien zugeben, daß ich einem Gericht ausgeliefert werde?«

»Nein – nimmermehr – den wollen wir sehen, der ihr etwas zu Leide zu thun sollte,« rief es von allen Seiten, und um das junge, heldenmüthige Weib schaarten sich besonders die Presbyterianischen Frauen, voller Freude, daß den Baptisten ein solcher Sieg mißlungen sei.

»Ladies – auf Ihre Verantwortung,« rief der Sheriff – »Sie müssen mir für die Dame haften, übrigens wird ihre Gefangennehmung wohl nicht nöthig sein, denn Leslie ist mit seinem Rappen auf Mac Fersons Fährten, und wir kennen Alle miteinander Leslie genug, um nicht zu wissen, daß der nimmer zurückkehrt, ehe er den Flüchtigen eingeholt hat. Einen besseren Renner giebt's in ganz Pensylvanien nicht, als sein Rappe.«

Judith erbleichte, die Frauen aber ließen ihr gar keine Zeit sich zu besinnen, nahmen sie in ihre Mitte und führten sie im Triumphe fort. So eifrig sie früher die Hinrichtung Mac Fersons gewünscht hatten, so sehr interessirten sie sich jetzt für seine Flucht, und selbst die Baptistinnen konnten die Frau nicht tadeln, die ihren Mann befreit habe.

Um so mehr eiferte der Baptisten*prediger*, der jetzt mit mehren Anderen, mit denen er Mac Fersons Spuren aufgesucht, zurückkehrte, dagegen. Er sah in dieser lügenhaften Eingebung eines rettenden Traumes, zu dem sich die beiden Eheleute verabredet hatten, eine Blasphemie des Göttlichen und forderte ernst und bestimmt die Auslieferung beider Gotteslästerer. Der eine war aber, Niemand wußte wo, und die Andere wurde, nun sich der Baptist so fest dagegen erklärte, von den Presbyterianerinnen nur um so mehr vertheidigt und in Schutz genommen. Bald erreichte man die Stadt wieder, und hier erboten sich augenblicklich drei junge Leute, Mrs. Ferson mit ihrem Kinde, das indessen bei einer Landsmännin geblieben war, hinzubegleiten, wohin sie gebracht zu sein wünsche. Das nahm Judith mit herzlichem Danke an, verschwieg aber natürlich den verabredeten Ort, wo sie ihren Mann wieder zu treffen hoffte, denn der kleine Irländer, der Mac Fersons Bande durchschnitten, hatte ihr ebenfalls zugeflüstert, wie dieser auf schnellem Roß seine Flucht bewerkstelligt, und sie verlangte nur an den Ohiofluß gebracht zu werden, von wo aus sie ihre Bahn selbst verfolgen wolle. Das geschah denn auch noch an demselben Nachmittage, und während der Sheriff mit den zwei Constabeln und dem Baptistenprediger berieth, was in diesem Falle zu thun sei, und ob man erst die Rückkunft Leslie's mit dem Entflohenen abwarten solle, sprengte Judith Mac Ferson, auf einem schlanken Zelter, das Kind im Arm, die Begleiter an ihrer Seite, die Fahrstraße hinunter, die dem schönen Ohioflusse zuführte.

Doch jetzt wollen wir Mac Ferson folgen, der, sobald er das Pferd erreicht und sich hinaufgeschwungen hatte, mit kaum unterdrücktem Jubelschrei einen kleinen Holzpfad entlang flog, welcher ihn endlich zu der Hauptstraße führen mußte. Er ritt ein wackeres Thier, und hatte gegründete Ursache zu glauben, daß der von seinem treuen Weibe so glücklich erdachte Plan gelingen müßte. Einige Meilen vom Ohio noch entfernt, wollte er nämlich absteigen, das Pferd laufen lassen, um etwaige Verfolger irre zu führen, und dann seinen eigenen Weg bis zu einer Stelle am Ohiofluß fortsetzen, wo er früher schon einmal zwei Nächte mit seiner kleinen Familie gelagert hatte. Dort sollte er Judith erwarten, und dann konnten sie von da aus leicht eine neue Heimath im fernen Westen aufsuchen, wohin ihre Verfolger schwerlich vordringen würden, selbst wenn sie den Aufenthaltsort erfahren sollten.

Fröhlich galoppirte daher Mac Ferson, von diesen Gedanken erfüllt, die Straße entlang, und mochte etwa sechs oder sieben englische Meilen zurückgelegt haben, als sein Pferd, das über einen im Wege liegenden, umgestürzten Baumstamm wegsetzen wollte, in einer trockenen aber noch zähen Schlingpflanze hängen blieb, stürzte, den Reiter weit ab gegen einen Baum schleuderte und dann, unfähig sich wieder zu erheben, liegen blieb.

Wie lange diese Bewußtlosigkeit Mac Fersons gedauert haben konnte, wußte er selber nicht, als er aber nach ziemlich langer Zeit wieder zu sich kam, fühlte er, wie ihm Jemand die Schläfe mit kaltem Wasser wusch und erkannte, als er die Augen aufschlug, *den* Mann, der, wie er wußte, sein grimmigster Feind war.

Mit einem leisen Schmerzensruf sank er wieder zurück, Leslie aber, der wohl ahnen mochte, was den Armen erschreckt habe, bog sich zu ihm nieder, faßte seine Hand und sagte:

»Fürchtet Nichts, Mac Ferson – wir haben Euch Alle Unrecht gethan; der, den Euch Gott im Traum gezeigt, hat das Verbrechen gestanden; Ihr könnt frei zurückkehren, ich selbst bin Euch aber nachgeritten, um Euch abzubitten, daß *ich*, vor allen Anderen, Euch so feindlich gesinnt war; aber seht, Hills war mein Freund, und wenn auch sonst ein etwas roher Gesell und vielleicht in manchen Stücken tadelnswerth genug, so mußt' ich mich doch seiner im Tode annehmen, da er ja sonst fast Niemanden in Seneka hatte, der seinen Mord rächen konnte. Kommt – steht auf – gebt mir Euere Hand und laßt uns Freunde sein. Ihr habt Euch doch keinen Schaden gethan?«

Mac Ferson wußte kaum, ob er seinen eigenen Ohren trauen sollte. War dies vielleicht ein Traum, der ihn befangen hielt, oder hatte er den früheren wirklich geträumt? Die durch den Sturz angegriffenen Sinne vermochten nicht gleich klar und deutlich seine jetzige Lage zu fassen, und er schloß wieder auf mehrere Sekunden die Augen, um sich erst ganz zu sammeln. Mac Ferson war übrigens nicht der Mann, einen sich ihm bietenden Vortheil leicht hintanzusetzen. Leslie wußte augenscheinlich noch nicht, daß der vermeintliche, von ihm im Traum gesehene Verbrecher sein eigenes Weib, und das ganze ein abgekarteter Plan gewesen war; dieser mußte ihn daher auch für unschuldig halten, und er beschloß nun, seine Maßregeln darnach zu ergreifen.

Er öffnete die Augen, richtete sich mit des Amerikaners Hülfe, indem er sich schwächer stellte, als er wirklich war, vom Boden auf, und ließ sich nun mit kurzen Worten erzählen, wie sie den von ihm so genau bezeichneten Fremden gefunden hätten. Ehe er sich aber noch selbst über seine eigene Flucht entschuldigen konnte, trat Leslie, der darauf weiter gar nicht einging, zu Mac Fersons Pferd und fand, daß dieses das linke Vorderbein gebrochen hatte. Jetzt war guter Rath theuer. Der Irländer erklärte, er könne keine hundert Schritte weit gehen, alle seine Glieder seien ihm wie zerschlagen, und ein Haus war ebenfalls nicht in der Nachbarschaft, wo man vielleicht ein Pferd hätte borgen können; hier blieb also keine andere Wahl, Leslie bot dem Irländer sein Pferd zum Reiten an, versicherte ihm dabei nochmals, er könne unbesorgt mit ihm zurückkehren, er würde von Allen auf das Freundlichste empfangen werden, und half ihm dann selbst in den Sattel. Ob er aber dem Erschöpften doch noch nicht so recht trauen mochte, oder ob ihm der scheue Blick mißfiel, mit dem sich dieser nach der Straße umsah, als ihm Leslie den Sattel und Zaum seines eigenen Thieres hinaufreichte, kurz, der Amerikaner nahm eine lange Leine, die er in der Tasche trug, hervor, befestigte sie in einer Schlinge um den Hals des Pferdes und trieb dieses nun langsam den Weg zurück, den er eben gekommen war.

Mac Ferson wußte aber, daß seine List jetzt entdeckt sein mußte – jeden Augenblick konnte ihnen ein neuer Bote begegnen, der den wahren Sachbestand verkündete und ihm dann *jede* Aussicht auf Rettung abschnitt; sein Entschluß war also auch deshalb schnell und ohne weiteres Zögern gefaßt, und eben, als sie auf die oben beschriebene Art vielleicht eine Meile zurückgelegt hatten und an eine Stelle kamen, wo der Pfad so schmal wurde, daß Leslie nicht mehr nebenher gehen konnte, sondern voraus mußte, wobei er jedoch das Seil nicht losließ, zog Mac Ferson schnell aber vorsichtig das von dem Knaben erhaltene Messer aus dem Gürtel – trennte mit raschem Schnitt die hänfene Schnur, die ihn bis jetzt noch immer zum Gefangenen gemacht, riß in demselben Augenblick den Rappen auf den Hinterfüßen herum, und ehe sich der bestürzte Amerikaner nur besinnen konnte, ob er seine Büchse gebrauchen sollte oder nicht, war der auf's Neue Befreite schon im dichten Gebüsch seinen Blicken entschwunden.

Acht Tage später erhielt Leslie, der vergebens den Räuber seines Eigenthums zu Fuß verfolgt hatte und die Fährte gegen Abend, da ein ziemlich starker Regen fiel, nicht mehr erkennen konnte, sein Pferd durch einen, etwa zwanzig Meilen von Seneka wohnenden Farmer zurück, der ihm auch zugleich einen kleinen Brief von Mac Ferson einhändigte, worin ihm dieser für die geleistete Hülfe herzlich dankte, sich aber nochmals entschuldigte, daß er zu einem frommen Betruge seine Zuflucht habe nehmen müssen.

»Da er jedoch,« so schloß er seine Zeilen, »bei weitem lieber in dem kühlen Schatten der stolzen Eichen des Westens lagere, als – mit zugeschnürter Kehle an einem Chestnutast in Pensylvanien hänge – so sei ihm das wohl nicht so sehr zu verdenken gewesen.« Über den Mord sagte er weiter Nichts. Sein wirklicher Aufenthaltsort wurde nie näher bekannt, doch hieß es allgemein und vielleicht nicht unrichtig – Mac Ferson ist nach *Texas*.

EINE PANTHERJAGD

Heulend und bellend liefen und sprangen drei kräftige, schlankgebaute Hunde vom Geschlecht der Bracken, die Nasen im eifrigen Suchen dicht am Boden haltend, durch den dicht verwachsenen Wald, oft die Spur in den dürren Blättern verlassend und auf umgestürzten Bäumen und alten, halbverfaulten Stämmen schnoppernd, auf denen sie hinliefen und von da wieder kläffend ihre Verfolgung erneuerten; ein sicheres Zeichen, daß ihre Jagd einem wilden Thier, sei es nun Bär oder Panther, und nicht dem schnellfüßigen Hirsch galt, der sie wohl, wenn er ihre Bahn durchschnitt, auf kurze Zeit von ihrer Fährte ablocken, nie aber ganz der einmal aufgenommenen Spur untreu machen konnte.

Jetzt hatten sie einen Platz erreicht, auf dem ihr Feind offenbar eine Zeitlang verweilt, und seine Fährten gekreuzt haben mußte, denn heulend standen sie oft einen Augenblick still und durchsuchten dann, mit wildem Winseln hin und herspringend, desto eifriger den, von dicht herabhängenden Schlingpflanzen fast wie mit einer lebendigen Mauer umgebenen Raum, immer wieder zum Mittelpunkt zurückkehrend, um ihr Heulen und Wehklagen dort wie früher zu beginnen.

Plötzlich theilten sich die Büsche, und ein junger Mann auf einem kleinen, schwarzen, indianischen Pony setzte, mit seinem breiten Jagdmesser, das er bloß in der Hand trug, ein paar Schlingpflanzen in kräftigem Zuge durchhauend, die ihn vom Pferde zu reißen drohten, gerade zwischen die Hunde hinein, die bei seinem plötzlichen Erscheinen ihn für einen Augenblick freundlich wedelnd umgaben, und dann wieder, mit erneutem, durch die Nähe ihres Herrn belebten Eifer in ihrem Suchen fortfuhren.

»So recht, meine braven Thiere,« rief der junge Jäger, indem er sein Pferd anhielt, das Messer in die Scheide zurücksteckte und die lange Büchse, die er auf der linken Schulter trug, vor sich auf den Sattelknopf legte, »so recht, – sucht, sucht – ihr seid einmal auf der Fährte, und ich denke doch, daß wir dießmal den Ferkeldieb erwischen, der mir schon so oft entgangen ist!«

»Huhpih!« rief er, sich hoch im Sattel aufrichtend und seinen Jagdruf ausstoßend, als er sah, daß der älteste der Hunde plötzlich die wieder gefundene Fährte aufnahm und von den andern gefolgt, augenblicklich im Dickicht verschwand.

»Huhpih!« und die Büchse zurück auf die Schulter werfend, ergriff er jetzt mit der rechten den Zügel, rannte dem hochaufbäumenden Pony die Hacken in die Seite, und flog in wilden Sprüngen seinen dahineilenden Hunden nach.

Im Wege liegende Stämme, dicht verwachsenes Gebüsch, Sumpflöcher und schlammige Canäle, Nichts konnte ihrem Eifer Schranken setzen, vorwärts ging's, und schnaubend und schäumend folgte der Rappe mit seinem in freudiger Lust hochaufjauchzenden Herrn.

Da hielten die Hunde aufs Neue; dießmal hemmte aber nicht Ungewißheit über die Richtung des Weges, den der verfolgte Feind eingeschlagen haben konnte, die Wüthenden, nein, bellend und heulend sprangen sie an einer starken Eiche in die Höhe, und bissen vor Grimm in die Wurzeln und die rauhe Rinde des mächtigen Baumes, daß er ihrem Feinde Schutz verlieh, und ihn seinen Verfolgern vorenthielt.

Jetzt erschien auch der Jäger auf dem Wahlplatz, und sprang, ohne nur das Anhalten seines feurigen Thieres abzuwarten, mit einem Satz aus dem Sattel, das seiner Last enthobene Thier sich selbst überlassend; mit spähendem Blick aber untersuchte er den dichtbelaubten Baum, an dem die Hunde jetzt wieder jauchzend emporsprangen, und erkannte bald, zwischen ein paar Ästen eingeschmiegt, die Gestalt eines lebendigen Wesens, das dort sich, fest an einen der Äste angedrückt, versteckt und unbemerkt glauben mochte.

Zwar war es im Schatten des dichten Laubes ziemlich dunkel, und ein weniger geübtes Auge als das unseres jungen Waldbewohners möchte wohl lange über den Namen und die Art des Thieres, das sich so angelegentlich den Blicken der Untenstehenden zu entziehen suchte, in Ungewißheit geblieben sein; *Wistons* scharfer Blick erkannte aber bald in der zusammengepreßten Gestalt das Junge eines Panthers, das der lange Schweif, den es nicht ganz verbergen konnte, leicht verrieth.

Schon hob er die Büchse, um das sich sicher Glaubende aus seiner Höhe herabzuholen, und athem- und lautlos schauten die Hunde ängstlich und erwartend bald nach dem Lauf der Büchse, aus dem sie mit jedem Augenblick den Feuerstrahl herausblitzen zu sehen hofften, bald nach dem Gipfel der Eiche, in deren Laub sie ihren Feind wußten.

Doch vergebens war dießmal ihr leises, flehendes Winseln, mit dem sie den Schuß ihres Herrn zu beeilen glaubten; dieser schien sich plötzlich anders besonnen zu haben, setzte die Büchse ab, und begann auf's Neue den Baum, fast mit noch größerer Aufmerksamkeit als vorher, zu untersuchen.

Nach langem, bedächtigen Ausblicken schien er sich endlich von dem, was er wissen wollte, überzeugt zu haben, stellte seine Büchse gegen einen umgestürzten Stamm, der nicht weit vom Baume lag, schnallte seinen Gürtel ab, in welchem Messer und Tomahawk staken, zog sein Jagdhemd aus und kehrte dann mit dem Gürtel, den er in der Hand hielt, zur Eiche zurück, welche die Hunde, die zwar aufmerksam allen Bewegungen ihres Herrn gefolgt waren, dennoch nicht aus den Augen ließen.

»Ich versuchs,« murmelte er endlich vor sich hin, »ich versuch's und fang ihn lebendig; bringe ich den jungen Panther nach Little Rock, so bekomme ich dort mit Leichtigkeit meine 10-15 Dollars für ihn, schieß ich ihn dagegen, so ist das Fell keinen Bit werth. Die Alte muß überdieß geflohen sein, denn ich kann sie nirgends im Baume sehen, und für 10 Dollars läßt man sich schon einmal von solch einem jungen Teufel kratzen; also Pantherchen, paß auf, ich komme!«

Mit diesen Worten ging er zu seinem Pferde, das ruhig graste, schlang einen Strick, der um dessen Hals gewunden war, von demselben ab, schnallte seinen eigenen Gürtel wieder um, in den er das Messer steckte, den Tomahawk aber zurückließ, und begann den starken Baum, den er nicht umklammern konnte, zu ersteigen, indem er das Seil, dreifach genommen, um den Stamm warf, die beiden Enden desselben, und zwar so kurz, als er sie fassen konnte, ergriff, und dann mit deren Hülfe, indem er bald mit dem rechten, bald wieder mit dem linken Arme sich bedächtig am Baume in die Höhe zog, denselben erstieg.

Die Hunde verstanden augenblicklich, was er beabsichtige und umsprangen winselnd und jauchzend die Wurzeln der Eiche.

Langsam zwar, aber sicher klomm er an dem geraden, schlanken Stamm, wohl 40 Fuß empor, ehe er an die ersten Äste kam und dort einen Augenblick Athem schöpfen und sich ausruhen konnte; hier fühlte er auch nach seinem Messer, ob das noch fest stak, blickte zum jungen Panther, der noch bewegungslos an demselben Ast wie früher angeschmiegt lag, empor, schlang sich jetzt das Seil, dessen er nun, da er die Äste zum Anhalten hatte, nicht mehr bedurfte, um die Schultern, und stieg, gewandt die Zweige als Sprossen seiner natürlichen Leiter benutzend, schnell und leicht zu dem jungen Panther hinauf, der zwar, ohne sich zu regen, liegen blieb, aber dennoch die glühenden Blicke fest auf den nahenden Feind geheftet hielt.

Aber noch andere und wildere Blicke beobachteten und bewachten das Fortschreiten des Jägers, der von solch grimmiger, gefährlicher Nähe keine Ahnung hatte, und zwar Niemand anders als die Mutter des Jungen, die auf einem dicht danebenstehenden verdorrten Baume, dessen Zweige in die des andern hineinragten, auf einen Ast niedergeduckt, zum Sprunge fertig da lag und mit dem Schwanze leise wedelnd nur die noch weitere Annäherung des Jägers zu erwarten schien, um mit gewaltigem Satze sich auf den Kühnen, der ihre Brut greifen wollte, zu werfen, und ihn mit Zahn und Tatze zu vernichten.

Sorglos schwang sich *Wiston* von Ast zu Ast, und war schon dicht unter dem Jungen, das sich jetzt leise erhob und nach Art der Katzen den Rücken biegend auf dem Aste stand und nach dem Jäger herunterschaute, die Gefahr, welche dessen Nähe mit sich brachte, noch nicht so recht begreifend; da hielt der Jäger, wand das Seil von seinen Schultern, machte schnell eine Schlinge daraus, um sie über den Kopf des Jungen zu werfen, und schaute, sich auf zwei anderen Ästen feststellend, eben zu diesem empor, um den rechten Zeitpunct abzuwarten, als er, gerade gegenüber, kaum zehn Schritte von sich entfernt, in die glühenden Augen der Pantherin blickte, die sich eben zum entscheidenden Sprunge niederbog.

Von Kindheit auf im Walde erzogen und mit den Gefahren, die den einsamen Jäger so oft bedrohen, bekannt und vertraut, behielt er in dem fürchterlichen Augenblick Besinnung genug, schnell und ehe der ihm gegenüber liegende Feind seine Absicht errathen konnte, den Stamm der Eiche, auf dem er stand, zwischen sich und die Bestie zu bringen, was ihm durch eine rasche Bewegung gelang; es war aber die höchste Zeit gewesen, denn in demselben Momente schnellte auch die dunkle Gestalt des Panthers auf den Platz, den er eben verlassen hatte, herüber, und seine glühenden Augen schauten in die des unerschrockenen Jägers, der den linken Arm um einen

Zweig gewunden, in der Rechten das blanke Messer, mit jedem Athemzuge erwartete, das gereizte Thier auf sich herabspringen zu sehen.

Die Pantherin jedoch, durch das Auge, das Jener fest auf sie geheftet hielt, eingeschüchtert, begnügte sich damit ihr Junges beschützt zu wissen, und jede Bewegung ihres Feindes auf das Aufmerksamste zu beobachten, während sie, kaum sechs Fuß von ihm entfernt, mit dem Schweife wedelnd da lag.

Zuerst glaubte sich *Wiston* verloren, denn wenn auch sein Messer eine gute und starke Waffe selbst gegen den grimmigsten Feind sein konnte, so war doch schon der Platz allein, wo er stand, und wo ihn der geringste Fehltritt zerschmettert in die Tiefe gesandt haben würde, nicht zu einem Kampf mit solchem Feinde geeignet; kaum fand er daher, daß sein Gegner sich damit begnügte, ihn zu bewachen, als er schnell, aber vorsichtig und ohne irgend eine rasche Bewegung zu machen, die das Ungethüm hätte reizen können, das Messer in die Scheide schob und langsam seinen Rückzug antrat.

Der Panther, als er sah, daß Jener sich mehr und mehr von ihm entfernte, folgte ihm langsam, und mehreremal zuckte *Wiston's* Hand nach dem Stahl, wenn sich die schlanke Gestalt der Katze zum Sprung niederbog, immer aber konnte sich diese nicht zu einem offenen Angriff, Aug' in Aug, entschließen.

So erreichte er den untersten Ast wieder, schlang das Seil um den Stamm, erfaßte beide Ende desselben, und glitt bedächtig, aber doch so schnell als möglich hinab. Die Hunde hatten aber indessen ihren Feind in den Ästen bemerkt, wie er ihrem Herrn folgte, und in toller Wuth, fast zur Verzweiflung getrieben, daß sie ihn nicht erreichen konnten, sprangen sie empor und bellten und heulten auf eine herzbrechende Art.

Endlich gewann *Wiston* wieder den festen sicheren Boden; seine Kleider waren zerrissen, das Blut tropfte von seinen Armen, denn die rauhe Rinde des Stammes hatte sie zerschnitten, seine Kräfte waren erschöpft und seine Kniee zitterten; aber nicht einen Augenblick vergönnte er sich zum Ausruhen, sondern sprang zu dem Ort, wo seine Büchse lehnte, ergriff diese und hob sie, um den Panther aus seiner sicher geträumten Höhe herabzuholen; aber vergebens bemühte er sich das schwere Rohr auch nur eine Secunde lang still und unbeweglich zu halten, seine Glieder zitterten, und er war genöthigt sich niederzuwerfen, um auszuruhen. Aber kein Auge wandte er von der, jetzt dicht an den Stamm angeschmiegten Gestalt der Bestie, neben der das Junge, keine Gefahr weiter fürchtend, mit emporgehobenem Schweife, auf einem etwas vortretenden Aste stand, und sich behaglich an der Mutter strich.

Wiston erholte sich bald, faßte noch einmal seine Büchse, zielte lange und sicher, und donnernd schallte das Echo von fernen Hügeln herüber.

Die Bestie, vom tödtlichen Blei durchbohrt, zuckte zusammen, sprang empor und kletterte in wilder Eile von Zweig zu Zweig in den Gipfel des Baumes; die dünnen Äste schwankten unter ihr; jetzt hatte sie den höchsten Punct erreicht – höher hinauf wollte sie; das schwache Laubwerk gab nach – sie stürzte, faßte noch mit den gewaltigen Tatzen im Herunterfallen nach den Blättern und Ranken und schmetterte, von den Hunden heulend erwartet, verendet zu den Füßen *Wiston's* nieder.

Zwar stand diesem jetzt kein weiteres Hinderniß entgegen, das Junge lebendig zu fangen, das ängstlich bis zu den niedrigsten Ästen des Baumes der Mutter gefolgt war, doch hatte er das erste Mal seine Kräfte zu sehr angestrengt, und vermochte nicht auf's Neue den beschwerlichen Weg anzutreten; er lud daher seine Büchse wieder und brachte es mit sicherem Schusse in den Bereich der Hunde, die mit grimmiger Wuth über dasselbe herfielen.

In wenigen Minuten waren die Felle abgestreift und auf den Pony geworfen, und von den Hunden gefolgt, trabte der kühne Jäger neuer Beute und neuen Gefahren entgegen.

WANDERNDE KRÄMER

In den Vereinigten Staaten, wo die Farmer und Pflanzer nicht, wie in Europa, in Dörfern und Marktflecken zusammen, sondern vereinzelt auf ihrem eigenen Lande und von diesem umgeben wohnen, ist natürlich der Handel und Verkehr zwischen den verschiedenen, isolirt liegenden und oft meilenweit von einander getrennten Besitzungen, wenn auch nicht gehindert, doch sehr erschwert, und feststehende Kaufläden könnten nur denen zum Nutzen und zur Bequemlichkeit gereichen, deren Ansiedelung sich gerade in ihrer Nähe befänden.

Da nun aber der Farmer nicht gern sein Land verläßt, an das ihn dringende Arbeiten fesseln, um irgend einen kleinen unbedeutenden Gegenstand, den er vielleicht auch entbehren kann, einzukaufen, und sich lieber einmal eine Zeitlang ohne solche Gegenstände behilft, die er sich, wenn er sie eben bei der Hand hätte, wirklich anschaffen würde, so fanden es die Handelsleute bald für nöthig, anstatt auf seinen Besuch zu warten, ihn selbst aufzusuchen, und durchzogen nun entweder in eigener Person mit ihren Waarenpäcken das Land oder schickten ihre Leute aus, während sie dem Laden zu Hause vorstanden.

Vorzüglich fanden die Deutschen an dieser Beschäftigung Geschmack, besonders unter diesen die Israeliten, (denn von all den wandernden *deutschen* Krämern in ganz Amerika sind kaum ein Hundertstel Christen) und von New-York und New-Orleans, später von Cincinnati aus durchstreiften sie mit unermüdlicher Ausdauer jeden Winkel der Union.

Der Handel ist das Lebensprincip der Israeliten, davon liefert Amerika den unläugbaren Beweis; dort wird ihnen keine Schranke gesteckt, in der sie sich bewegen müssen; dort sind sie durch Vorurtheile oder Gesetze an keine Beschäftigung, an kein Gewerbe gebunden, sie stehen mit der ganzen übrigen Bevölkerung auf Einer Stufe; was sie aber auch im Vaterlande getrieben haben mögen, welches Handwerk, welche Kunst, es bleibt sich gleich, in Amerika, wo sie wählen dürfen, greifen sie nach dem Handel und werden mit sehr wenigen Ausnahmen Kaufleute, oder geht das nicht, Krämer und Hausirer, wie man sie dort nennt, »Pedlars.« Zwar ist ein kleiner Theil dieser Pedlar, wie schon gesagt, Christen; doch dieser sind so wenige und sie verlieren sich so sehr unter der Masse, daß sie kaum einer Erwähnung verdienen, und nur die wirklichen Yankees (die Bewohner der nordöstlichen Staaten der Union) concurriren bedeutend mit ihnen, und nehmen auch wirklich in diesem Geschäftszweig, selbst den Juden gegenüber, den ersten Rang ein. Wir aber haben es hier erst vor allen Dingen mit den Deutschen zu thun. – In einem der Seehäfen angekommen besteht die Baarschaft der wandernden Krämer, wenigstens die der ärmern Classe, gewöhnlich noch aus wenigen Dollars, mit denen sie denn auch nicht säumen, ohne weiteren Zeitverlust ein »Geschäft zu beginnen.« Ein schmaler Korb (zum Umhängen) wird vor allen Dingen angeschafft, dahinein ein kleiner Vorrath von etwas Band und Zwirn, einige Kämme und Zahnbürsten, Hosenträger und Zahnstocher, wunderbar schimmernde Hemdknöpfchen und Näh- und Stecknadeln und andere derartige Sachen gekauft, und der Weg zu ihrem Glück ist gebahnt.

Noch versteht der angehende Kaufmann keine Sylbe von der Sprache des Landes, das er jetzt zu seiner Heimath gemacht hat, *yes* und *no* und noch ein paar kleine Hülfswörter, wie *very cheap* (sehr billig) und *very good* (sehr gut) ausgenommen, mit einer liebenswürdigen Dreistigkeit aber sucht er vorzüglich die amerikanischen Häuser auf (denn die Deutschen selbst sind schlechte Kunden), und knüpft hier mit der Hülfe von solch barbarischen Wörtern und lebensgefährlichen Gesticulationen ein Gespräch an, daß die Leute, wenn sie nicht den ohne alles weitere Eintretenden beim ersten Anlauf aus der Thüre werfen, sehr häufig geneigt sind eine Kleinigkeit zu kaufen, die sie natürlich im Leben nicht benutzen können, blos um das Mienen- und Gebärdenspiel wie die außerordentliche Unterhaltung des »jungen Amerikaners« eine kurze Zeit zu genießen.

Das dauert aber nur wenige Monate; in fast unglaublich kurzer Zeit lernt der Pedlar die Landessprache wenigstens so weit, daß er sich verständlich ausdrücken kann, und nun beginnt das eigentliche Leben desselben.

Wie der Schmetterling aus der Puppe, so kriecht er mit seinem mächtigen Packen und einem tüchtigen Wanderstab versehen aus den Straßen der engen Stadt hervor und flattert, wenn man überhaupt mit einem Waarenballen von einigen 60 Pfund auf den Schultern flattern kann, hinaus ins Weite, den fernwohnenden Farmern das an Herrlichkeiten zuzutragen, was er entweder auf Auctionen mit baarem Gelde eingekauft, oder von bekannten Kaufleuten auf Credit erhalten hat.

In dem Staat, in welchem er Handel treibt, muß er freilich eine bestimmte Taxe, sogenannte Licence entrichten, weiter ist er aber auch in nichts gebunden, und kann an Waaren ausbieten, was ihm nur immer und wo es ihm beliebt; deshalb haben sie sich auch über die ganzen östlichen, südlichen und mittlern Staaten ausgebreitet, und nur die ganz westlich liegenden größtentheils den Amerikanern überlassen, da dort die Gegend noch zu unbebaut ist und ihnen der Anblick von wilden Thieren, die, wenn auch einzeln, doch dann und wann umherstreifen, keineswegs zu behagen scheint.

Natürlich wählt sich der Pedlar stets *den* Strich Landes, auf welchem die meisten Ansiedlungen liegen und der noch am wenigsten von seinen Collegen heimgesucht ist; dort geht er dann von Farm zu Farm und fragt, ob die Inwohnenden etwas von Waaren nöthig haben. Gewöhnlich lautet die Antwort »nein.« Da aber der Mann selten zu Hause ist und die Frauen stets gerne sehen möchten, was der Krämer denn eigentlich in dem großen, schweren Packen für Kostbarkeiten verborgen trägt, so erhält dieser leicht die Erlaubniß seinen Ballen zu öffnen und seine Waaren auszubreiten. Erhält er die übrigens auch nicht, so bleibt sich das im Grunde gleich, denn öffnen thut er ihn doch, und seine Sachen zeigt er auch vor, ehe er geht, Stück für Stück, ob er nun freundliche oder mürrische Zuschauer um sich sieht.

Das Ausbreiten der Waaren in einsamer, den Städten fernliegender Hütte, hat aber seinen doppelten Nutzen; erstlich sehen die Bewohner derselben so viele Sachen, welche sie gut gebrauchen können, ja deren sie wohl gar nothwendig bedürfen, vor sich und werden dadurch an manche Kleinigkeit erinnert, die sie sonst vergessen hätten; und dann gewinnt auch die Waare selbst, in der unscheinbaren niedern Hütte, auf dem rohen Holztisch, in der ganzen hausbackenen Umgebung zur Schau gestellt, ein ganz anderes Ansehen. Wie verführerisch glänzen die schildpattähnlich gemalten Hornkämme von dem schlauen Krämer gegen den dunkeln Scheitel des neben ihm stehenden erröthenden Mägdeleins gehalten; wie feenhaft zauberisch glitzern die mächtig großen Vorstecknadeln und Ohrgehänge auf den sauber gebürsteten, schwarzen sammtmanchesternen Kissen und die goldenen Ringe mit den Brillanten und Rubinen auf der schwarzen Rolle aufgereiht wie Bretzeln am Fenster eines Bäckerladens; welche kaum geahnte Pracht eröffnet sich nicht in den jetzt aufgeschlagenen Stücken Kattun, dessen wunderliche Muster, mit den blitzähnlichen Zickzacks und unzähligen Monden und Sternen selbst der ältern Farmersfrau ein lautes »Ach« der Bewunderung entlocken; und dann erst gar die seidenen Halstücher und Bänder, die Perlmutterknöpfe und Haarnadeln mit den kleinen farbigen Glaskugeln oben drauf, die Haarschleifen und Armbänder, die Ketten und feuerstrahlenden Ohrringe, das alles muß in einem solchen Blockhaus, mitten im Walde gesehen werden, um ganz den, wenigstens für den Verkäufer wünschenswerthen und günstigen Eindruck hervorzubringen.

Der Pedlar läßt seine Waaren gewöhnlich nur für baar Geld aus den Händen; kennt er aber seine Leute oder sieht er an der ganzen Umgebung, daß er gerade nicht viel zu fürchten hat, so creditirt er wenigstens einen Theil derselben, was ihm zu gleicher Zeit Entschuldigung für einen zweiten Besuch gewährt. Ein anderes ist es mit den »Jewelry pedlars« oder denen, die nur goldene Schmuckwaaren, einige Taschenuhren und *silberne* Löffel führen. Diese geben *nie* Credit, weil sie aus sehr vernünftigen Gründen nie ein und denselben Ort zweimal besuchen: sie trauen dem Frieden nicht recht und sind selten geneigt, dem Mann wieder unter die Augen zu treten, dem sie früher von ihren Waaren verkauft haben.

Der größte Betrug wird in dieser Hinsicht mit den Argentan-Löffeln getrieben, die in den Städten unter dem Namen *german silver* oder deutsches Silber bekannt sind und wo, besonders in Ohio, den leichtgläubigen Farmern unter dem Vorwande, daß *deutsches* Silber nur eine andere Art, aber sonst eben so gut sei, das Dutzend Eßlöffel zu 18 und 20 Dollars verkauft wurde. Hätten die Gesetze in diesen Fällen wirklich einschreiten wollen, so würden sie nichts haben ausrichten können, denn die Waare war unter dem rechten Namen, »deutsches Silber,« wenn auch zu einem übermäßigen Preise, verkauft, die Landleute selbst aber, welche mit der Zeit, obgleich erst durch Schaden, klug wurden, schwuren nachher freilich dem Pedlar, sobald er sich wieder blicken lassen würde, furchtbare Strafe zu. Dieser jedoch trieb dann schon in einem anderen Staat, entweder weiter westlich oder südlich, – wer konnte sagen wohin er gezogen, – sein Wesen, und nur wenige Jahre bedurfte es, so hatte sich der arme Packträger ein Pferd oder gar einen kleinen Wagen angeschafft, auf dem er jetzt seine Waaren, in bedeutend größerer und besserer Auswahl, durch das Land fuhr.

Louisiana besonders wimmelt von diesen Leuten und es kommt dort vor, daß mehrere derselben zusammenlegen und sich ein Pferd gemeinschaftlich kaufen, um ihre Waarenballen fortzuschaffen; das arme Thier ist aber dann wahrlich zu bedauern, denn erstens muß es die sicherlich übermäßige Last, und gewöhnlich auch noch abwechselnd einen der hoffnungsvollen Jünger Mercurs schleppen, und nicht selten geschieht es dann, daß solch ein gequältes Geschöpf zusammenbricht und nicht weiter kann.

In Louisiana besteht der Hauptnutzen des Pedlars in dem Verkehr mit den Negern und besonders den Negerinnen, welche, da sie die Plantagen nicht verlassen dürfen, für alles das, was sie gebrauchen, einzig und allein auf diese wandernden Krämer angewiesen sind. Den jungen Mulattinnen und Mestizen fehlt es dabei nicht an Geld, besonders wenn sie schön sind, und sie wissen den Minnesold natürlich auf keine andere Art zu verwenden, als daß sie Putz und Kleider dafür einkaufen, die ihnen von den geschäftigen Deutschen in reicher Auswahl zugeführt werden. Grellrothe Tücher, Glasperlen, auffallend bunte Kattune und alle Arten von Schmuck finden hier einen ausgezeichneten Markt, und der Nutzen an diesen Gegenständen, die spottbillig auf den Auctionen in New-Orleans eingekauft werden, ist bedeutend. Am meisten verdienen diese Leute aber mit dem verbotenen Handel, wie das fast stets der Fall ist.

Den Negern dürfen sie nämlich keinen Whiskey verkaufen, wie überhaupt kein Kaufmann in den Sklavenstaaten; und die Strafen, welche für Übertretung dieses Gesetzes bestimmt sind, werden sehr streng beobachtet; der Krämer weiß aber der Gefahr entdeckt zu werden, sehr gut zu entgehen; Verrath ist von den Negern selbst nicht zu befürchten und eine mittlere, doppelte Wand im Wagen birgt den geheimen Schatz, aus dem sie heimlich die Flaschen der durstigen Sklaven füllen.

Viel bedeutendere Geschäfte machen übrigens in diesem Artikel die großen Flat- und Kielboote, welche für den heimlich ausgeschenkten Whiskey, wenn sie einmal eine kurze Zeit am Ufer anlegen, Landesproducte annehmen, als Hühner, Ferkel, Truthühner, Mais und was die Sklaven sonst selber ziehen oder in der Geschwindigkeit stehlen können, welche Gegenstände der wandernde Krämer freilich nicht im Handel annehmen kann, da er keinen Ort hat, an dem es möglich wäre, diese Sachen zu verbergen, auch bliebe ihm, im Fall es entdeckt würde, kein Weg zur Flucht offen, während die Bootsleute weiter nichts zu thun haben, als ihr Tau loszubinden, wo sie in wenigen Stunden mit dem Strome hinabtreibend unter der Masse ähnlicher Fahrzeuge verschwinden und vielleicht zehn Meilen weit unten denselben Handel auf's neue beginnen.

Wunderbar ist es übrigens in der That, wie diese Pedlars, besonders in einigen Staaten noch, ihren Lebensunterhalt verdienen können, denn z. B. Louisiana, Ohio, Pennsylvanien und selbst Kentucky sind mit ihnen ordentlich überschwemmt; die Amerikaner kennen sie aber schon, wissen, daß es wirklich positive Unmöglichkeit ist, einen derselben loszuwerden, ohne ihm eine Kleinigkeit abzukaufen und fügen sich dann auch meistens mit vieler Ruhe in das doch einmal unvermeidliche Schicksal.

Hat sich der Pedlar nun endlich nach langen, mühsam und auf der Landstraße durchlebten Jahren etwas erspart, so giebt er das wandernde Leben auf und wird »Storekeeper,« d. h. er miethet sich irgendwo an der Dampfboot-Landung eines kleinen Städtchens oder einer Stadt, und ist das nicht möglich, im Innern des Ortes selbst einen Laden, und beginnt ein Geschäft mit fertigen Kleidungsstücken, inclusive Hüten, Mützen, Schuhen und Stiefeln, Messern, Pistolen, goldenen Ringen und Vorstecknadeln. Die sämmtlichen Kleiderläden der Vereinigten Staaten (es bestehen deren Tausende) gehören auf diese Art, mit nur sehr wenig Ausnahmen, deutschen Israeliten, von denen viele in kurzen Jahren ein recht anständiges Vermögen zusammengescharrt haben, und sämmtliche Städte eben dieser Staaten, die an einem Fluß oder sonstigen Wassercours liegen, sind auf diese Art im wahren Sinne des Wortes mit wehenden und flatternden Kleidungsstücken garnirt, zwischen denen unter jeder Thür ein mit vieler Aufmerksamkeit frisirter, sehr elegant gekleideter, und die rothen Finger mit Ringen, die scheinende Weste mit Ketten und Vorstecknadeln überladener junger Mann steht und die Vorübergehenden fortwährend mit lauter Stimme einladet, sein »wohlassortirtes Lager« etc. etc. in Augenschein zu nehmen; ja oft *sogar* mit wahrer Todesverachtung besonders ärmlich Gekleidete gewaltsam in das Heiligthum seines Verkaufslocals hineinzerrt, wo er im düstern Schatten einer Unzahl flatternder Beinkleider das unglückliche Opfer förmlich zu irgend einem Handel zwingt.

Diese Kaufleute übrigens, die einst wandernde Krämer gewesen, geben ihren ärmern, noch umherstreifenden Collegen selten oder nie Credit; sie mögen wohl wissen, wie sie es selbst in früheren Zeiten getrieben, und wie oft ein solcher nomadischer Händler, wenn er eine Zeitlang Kleinigkeiten im Vertrauen auf seine Redlichkeit erhalten und verkauft, auch stets richtig bezahlt hat, mit dem ersten größeren Waarenballen spurlos verschwindet, und erst wieder in einem andern Staat, wo möglich 5 bis 600 Meilen von dem ersten entfernt, auftaucht. Ihn durch die Gesetze zu verfolgen, ist kaum möglich, der angeführte Kaufmann erfährt vielleicht auch den neuen Aufenthaltsort seines Schuldners erst nach geraumer Zeit, wenn die Schuld selbst schon lange verjährt ist.

Ich war übrigens selbst einst Zeuge, wie mehrere Kleiderhändler in New-Orleans eine wenn auch komische Art Lynchgesetz in Anwendung brachten, um einen Pedlar zu bestrafen, der fünfe von ihnen, die sich später alle zufällig in New-Orleans zusammengefunden und festgesetzt hatten, in verschiedenen Städten der vereinigten Staaten um eine nicht unbeträchtliche Summe in Waaren betrogen. Die Schuld war verjährt und in einer Versammlung vor die er berufen, wurde ihm als Strafe von jeder Hand (es hatten sich etwa 18 eingefunden, und ich war eigentlich nur ein zufälliger Zeuge) zwanzig Stockschläge zuerkannt, denen er sich auch im Gefühle seiner Schuld, geduldig unterwarf. Als aber der vierte, an dem er vorzüglich gesündigt, seinen größern Verlust auch durch stärkere Schläge, als sie der Delinquent wohl erwartet, wieder einzubringen gedachte, lehnte sich dieser höchst unvorhergesehenermaßen gegen die Gewalt auf, und faßte den Strafenden mit so schlauem Griff, daß dieser erschreckt aufschrie, den Stock fallen ließ und froh war, dem kräftigen Schuldner wieder entrissen zu werden. Das schreckte die andern ab, und der Pedlar ward in Gnaden, aber mit entsetzlichen Schimpfworten entlassen.

Zwei Arten von Waaren giebt es übrigens, mit denen sich die Deutschen nie oder wenigstens sehr selten befassen: es ist dies der Verkauf von Wand- oder Standuhren und Medicinen. Zum ersten Geschäft sind sie nicht gewandt, zum zweiten nicht unverschämt genug. Diesen Handel haben also die Amerikaner fast allein an sich gerissen, vorzüglich die Yankees, d. h. die Bewohner der nordöstlichen Staaten, als Maine, New-Hampshire, Connecticut, Vermont, Massachusetts und Rhode-Island, deren »Clock pedlar« oder Uhrenkrämer in der ganzen Welt berühmt sind.

Sam Slick hat einen tiefen Blick in ihre Verhältnisse thun lassen und ich will sie, da sie doch einmal in diese Rubrik gehören, nur kurz erwähnen.

Mit einem kleinen Wägelchen, vor das ein ziemlich gut aussehendes, sonst aber gewöhnlich höchst nichtsnutziges Pferd gespannt ist, zieht der Uhrenhändler oder Clockpedlar in die weite Welt, und zwar am liebsten in die westlichen und süd-westlichen Staaten hinein; sein Zweck und Ziel ist Uhren zu verkaufen und er verkauft sie auch, mag er nun willige oder zähe Käufer finden. Leute, die früher nie auch nur an die Möglichkeit gedacht haben, je eine Summe, die für sie ein Capital ist, an die Anschaffung eines so leicht entbehrlichen Gegenstandes zu wenden, finden sich plötzlich als Eigenthümer eines solchen Werkes, von dem es ihnen fast wie Zauberei und schwarze Kunst erscheint, wie sie eigentlich und so ganz gegen ihren positiv ausgesprochenen Willen zum Besitz desselben gelangt sind. Da steht es aber jetzt, oben auf einem groben, unbehobelten Bret zwischen dort aufgehangenen Hirsch- und Waschbärenfällen so ruhig und gemüthlich mit seinem stillen, selbstzufriedenen Ticktack, als sei es etwa 1500 Meilen von dort ganz besonders zu dem Zweck angefertigt worden, in möglichst kurzer Zeit hierher geschafft zu werden, und durch die Augen einer holdselig lächelnden Dame in wunderbar schimmerndem, feuerfarbenem Kleid, die, auf der Klappe der Uhr befindlich, in der einen Hand eine außergewöhnlich große Rose, in der andern einen chinesischen Fächer hält, dem wirklich verblüfften Farmer seine volle Zufriedenheit mit dessen trefflicher Wahl zu erkennen zu geben.

Der Yankee, eine stets sehr lange und sehr sorgfältig bis hoch hinauf an die Schläfe rasirte Gestalt mit glatt gestrichenen Haaren und grauen, lebhaften Augen, etwas vorstehenden Backenknochen und etwas schiefgezogenen Gesichtszügen, wovon jedoch größtentheils ein in der linken Backe ruhendes entsetzliches Stück Kautaback die Schuld trägt, versichert indessen den Farmer schon zum drittenmal, daß er ihn erst binnen Jahresfrist und vielleicht selbst dann noch nicht wiedersehen solle, läßt sich jedoch »um Lebens oder Sterbens willen« einen kleinen Wechsel nach Sicht schreiben, setzt sich am nächsten Morgen in sein kleines, grün lackirtes Wägelchen, nickt noch einmal einen freundlichen Gruß herüber und verschwindet in den Biegungen der durch den dichten Wald führenden Straße. Er hält Wort – er selbst kommt weder in Jahresfrist noch jemals wieder in dieselbe Gegend, aber nach zwei Monaten erscheint sein »Partner« oder Compagnon, präsentirt den Wechsel und dringt auf die Bezahlung. Von jähriger Frist weiß er nichts, sein College »hat ihm nichts davon gesagt,« der Wechsel lautet auf augenblickliche Bezahlung und muß, wenn er unter 50 Dollar ist, dem Vorzeiger bezahlt werden. Der arme Backwoodsman weiß das und schafft seufzend Rath, der Pedlar aber, oder Einkassirer vielmehr, zieht heimlich lachend von dannen.

Die Hinterwäldler sind sonst so schlau und gewandt, im Geschäft sowohl wie im wirklichen Leben; in den Händen eines Yankees aber ist es ordentlich, als ob sie ihre bisherige That- und Denkkraft verlieren; sie erkennen seine geistige Überlegenheit an und geben sich rettungslos verloren. Kehrt der Händler in seine eigene Heimath zurück, so hat er auch stets ein ausgezeichnet gutes Pferd vor dem Wagen, denn das vortheilhafte Vertauschen desselben gehörte mit zu seinem Geschäft.

Nur ein Beispiel weiß ich, wo ein Yankee und noch dazu einer der pfiffigsten, von einem Backwoodsman mit seinen eigenen Waffen geschlagen wurde und sehr betrübt abziehen mußte. Es war in Arkansas, und Jackson, ein Ansiedler, der erst kürzlich von Tenessee herübergekommen, sein letztes baares Geld für 40 Acker Land, zwei Milchkühe und ein Pferd, da ihm das alte krank geworden und gestürzt war, ausgegeben hatte, saß Abends in der ärmlichen Blockhütte beim frugalen Nachtmahl von Speck, Maisbrod und Milch, als das kleine Fuhrwerk eines solchen Clockpedlars vor seiner Thür hielt.

Freundlich lud er den Krämer ein, bei ihm die Nacht und mit seinem Mahl vorlieb zu nehmen, und dieser ließ sich auch nicht lange bitten, besorgte sein Pferd selbst, trug, wobei ihm Jackson half, die Uhren unter Dach und Fach und begann hier nun auf den Verkauf einer derselben hinzuarbeiten; Jackson war aber »*an old hand*,« wie sie in Amerika sagen, und durchschaute nicht allein seinen Plan, sondern hatte ihn schon von dem ersten Anblick an vorausgesehen, sagte daher dem Pedlar ganz freundlich, er sei zu arm eine Uhr zu kaufen, denn wenn er sie wirklich kaufen wolle, könne er sie nicht bezahlen. Dies war übrigens eine zu alltägliche Ausflucht, als daß sich der Yankee dadurch hätte sollen abschrecken lassen; im Gegentheil gab ihm das ruhige Betragen des Mannes die besten Hoffnungen zu einem guten Geschäft, und nicht eher ruhte er, bis sämmtliche Uhren in Reih und Glied vor dem still vor sich hin lächelnden Backwoodsman aufmarschirt standen, und jetzt handelte es sich nach des Krämers Meinung nicht mehr darum, ob er eines der herrlichen Kunstwerke, sondern nur *welches* er kaufen solle. Vergebens erwähnte der Arkansaner, daß er arm sei und keine Uhr kaufen könne, der Pedlar ließ nicht locker, und jener richtete sich endlich entschlossen auf und sagte:

»Gut – ich nehme eine – Ihr bekommt aber kein Geld.«

»Im ersten Jahr nicht,« lächelte der Krämer, »habt die Uhr nur einmal ein Jahr, Ihr laßt sie nicht wieder fort.«

»So will ich diese wählen – was ist der Preis?«

»Achtundvierzig Dollar.« (Er wußte recht gut, daß er bei einer Klage auf mehr als 50 Dollar Jahre lang hinausgehalten werden konnte.)

Jacksons Frau sah ängstlich zu ihm empor, er winkte ihr aber lächelnd zu, ruhig zu sein, und ließ es, behaglich auf ein Bärenfell ausgestreckt, geschehen, daß der Fremde die aufgedrungene Uhr über dem Kamin auf einem durch hölzerne Pflöcke gehaltenen Bret befestigte und aufzog.

»Ihr bekommt aber kein Geld dafür,« sagte er dem Yankee.

»Ich weiß es wohl,« erwiederte dieser, »aber doch Euern Wechsel, Ihr wißt wohl, das ist so Sitte.«

»Gut, dagegen habe ich nichts, den sollt Ihr haben,« sagte der Farmer, und unterschrieb das schnell ausgestellte Papier.

Der Pedlar zog am nächsten Morgen weiter, aber ehe sein Collecteur mit dem fälligen, natürlich nach Sicht ausgefüllten Wechsel erscheinen konnte, hatte Jackson die Uhr auf sein Pferd genommen, nach der nächsten Stadt gebracht und dort verkauft.

Der Compagnon des Yankees kam endlich nach drei Monaten, und erstaunte zwar, keine Uhr in der Hütte des Farmers zu finden, äußerte jedoch hierüber nichts, sondern präsentirte nur seinen Wechsel. Der Farmer bedeutete ihn aber sehr kaltblütig, daß er dem Uhrenhändler aufrichtig gesagt habe, er bekäme nie sein Geld und das wäre in der That wahr, denn er sei nicht allein nicht gesonnen, sondern auch nicht im Stande, die 48 Dollars jetzt oder jemals zu bezahlen; er hätte die Uhr nehmen müssen, um den Krämer nur loszuwerden, und der Collecteur möge ihn jetzt, wenn er sonst glaubte, etwas dabei verdienen zu können, verklagen.

Als dieser endlich wirklich sah, der Farmer sei fest entschlossen, sein Wort zu halten, so ging er zum nächsten Friedensrichter und klagte; der gute Mann war jedoch zum erstenmal in Arkansas – er hatte gut klagen, das Erlangen seiner Schuld stand aber auf einem anderen Blatt, denn der Farmer war – nicht zahlungsfähig.

Vergebens warf der Yankee ein, daß er eine Menge Hausgeräth, eine Büchse, ein Pferd und zwei Kühe habe, es half ihm nichts; in Arkansas kann einem Farmer weder die Büchse noch Handwerkszeug, weder zwei Kühe noch zwei Pferde, noch alles nöthige Hausgeräth als Pfand weggenommen werden, denn es giebt ein gewisses Eigenthum, welches er besitzen muß, ehe das Gesetz ein Recht auf das übrige erhält, und da er das, was ihm der Staat als unantastbar zugestand, noch nicht einmal alles besaß, denn er hatte nur *ein* Pferd und kaum die Hälfte des ihm verstatteten Hausgeräthes, so war natürlich an eine gewaltsame Bezahlung gar nicht zu denken. Als dies dem

Yankee endlich in all seiner entsetzlichen Wahrheit einleuchtete, versuchte er die Uhr zurückzuerhalten, aber auch das war zu spät, und seit jener Zeit ist Jackson nie wieder eine Uhr zum Verkauf angeboten worden.

Ein anderer Handelszweig und keineswegs der unbedeutendste, mit dem die Yankees fast gänzlich Monopol treiben, ist der Medicin-Handel. Ein alter Yankee, der seine Söhne in die Welt schickt, damit sie Erfahrungen – die wichtigste Schule im menschlichen Leben – sammeln, und einmal von den Zwiebelbeeten erlöst werden, an die sie bis zu ihrem einundzwanzigsten Jahr gefesselt gewesen, stellt ihnen die Wahl frei, ob sie Clockpedlar oder – *Doctor* werden wollen, und wählen sie das letztere, so bedarf es noch nicht einmal so vieler Warnungen und Ermahnungen, als bei dem ersten Geschäft, um den jungen Mediciner mit der Wirkung seiner Heilkräfte, die er in einem kleinen Felleisen bei sich führt, bekannt zu machen.

Die Mittel, deren er sich bedient, sind sehr einfach. Calomel ist die Hauptcur, und macht, nebst irgend einer großnamigen Patentmedicin, den Mittelpunkt, um den sich alles übrige dreht; sonst gebraucht er noch etwas Opium (aufgelöst), Ricinusöl, Glaubersalz, etwas Ipecacuanha, Chinarinde und Brechweinstein, und er hat alles, was er zu einer ausgebreiteten Praxis bedarf.

Schon fünf Meilen von seinem Heimathsort, wo er dem ersten fremden Menschen begegnet, erhält er den Namen »Doctor,« und die können von Glück sagen, die noch mit Salz oder andern unschädlichen Medicinen abgefertigt werden, denn wo der junge Doctor Geld wittert, da müssen die Leute von seiner Patent-Medicin kaufen, und Gnade ihnen Gott, wenn sie das rothe, zusammengeknetete Zeug verschlucken. Sind sie vollkommen gesund, so kommen sie vielleicht mit einer heilbaren Kolik oder einigen gelinden Krämpfen und einem schwachen Anfall von Apoplexie davon; sind sie aber ohnedies kränklich, dann ist ihnen selten mehr zu helfen, und sie vermehren die Zahl der Schlachtopfer, die jährlich dem so scheußlichen Götzen »Quacksalberei« geopfert werden.

Manchmal betreiben auch diese wandernden Krämer oder »Doctoren,« wie sie sich am liebsten genannt hören, ihr Geschäft humoristisch, im Fall sie entweder zu gewissenhaft sind, den Farmern ihre Latwergen aufzudringen oder darin eine leichtere und schnellere Art sehen, Geld zu verdienen; so durchzogen z. B. im Jahre 1843 zwei Yankees die nördlichen oder nordwestlichen Staaten mit solchem Glück, daß sie in wenigen Monaten eine bedeutende Summe Geldes erübrigt hatten. Ihr Plan, oder vielmehr ihre List, war die folgende gewesen.

Der Eine von ihnen, ohne Waaren oder Gepäck, mit nur einer gewöhnlichen amerikanischen Satteltasche von seinem kleinen, feurigen Pferde getragen, war der erste auf der unter ihnen ausgemachten Marschroute, und hielt bei jedem Haus, das auf seinem Wege lag, an, stieg ab, schüttelte den Bewohnern desselben sehr freundlich und lang die Hand, ging an den Wassereimer und trank aus dem langstieligen Flaschenkürbis, der neben demselben an einem Haken aufgehangen war, unterhielt sich dann noch eine Weile mit den Leuten, sprach über dies und jenes, schüttelte ihnen noch einmal zum Abschied die Hand, kehrte wieder um und entdeckte nun irgend einem der Männer, den er bei Seite nahm und um Verschweigen des ihm Anvertrauten bat, daß er – an einer sehr bösartigen Hautkrankheit leide und frug ihn, ob er nicht irgend eine dieser abhelfenden Salbe habe. Er hielt dabei die Hand des Farmers fest in der seinen und sah ihm bittend in's Auge, bis dieser plötzlich den Sinn der Worte begriff und schnell zurücktrat. Gewöhnlich wurde er hierauf schnell und mit einigen kurzen, nicht besonders freundlichen Worten abgefertigt; das that aber nichts, er hatte seinen Zweck erreicht, schwang sich in den Sattel und trabte, wehmüthig zurückgrüßend, langsam der nächsten Ansiedlung zu, um hier seine List zu wiederholen.

Die Farmerfamilie blieb aber in größter Aufregung zurück – was mußten hiervon die Folgen sein? Der Mann mit der ekelhaften Krankheit hatte allen und höchst warm und freundschaftlich die Hand gedrückt, hatte aus demselben Trinkgeschirr mit ihnen getrunken und es war jetzt fast unvermeidlich, daß sie angesteckt werden mußten. Da nähert sich auf hohem, starkknochigem Roß ein Fremder, hält und steigt ab; die Familie ist noch so bestürzt, daß sie kaum seiner achtet, er nimmt aber ohne weiteres das kleine Felleisen, welches er hinter sich am Sattel trägt, geht in's Haus und fragt, ob niemand etwas von seinen Medicinen bedürfe.

Medicin? das war ein Wink des Himmels – der Mann kam wie von Gott gesandt, und welch ein Glück, daß er auch eine solche gerade für diese Art Hautkrankheiten nützliche Salbe bei sich führte. Es ist seiner Aussage nach das letzte, und wenn auch etwas viel für die *eine* Familie, so kann man ja doch nicht wissen, ob die Krankheit nicht wirklich zum Ausbruch kommt und wie sie sich zeigen wird, gut oder bösartig. Auch ist der Preis gerade für diesen Artikel sehr hoch, aber was schadet das, beugt man denn nicht damit dem Unangenehmsten vor? Der schlaue Krämer hat aber in der That seinen Mantelsack *nur* mit dieser Arznei gefüllt, welcher blos oben darauf zum

Schein noch einige andere beigefügt sind; er streicht daher fröhlich das Geld ein und folgt schnell dem Compagnon, der indessen auf seiner Schrecken verbreitenden Bahn weiter gegangen ist und neue Opfer gesammelt hat. Da sie ihren Weg natürlich immer weiter und stets durch fremde Gegenden fortsetzten, so war auch eine Entdeckung gar nicht zu befürchten, und nie haben wohl zwei Yankees in so kurzer Zeit solche brillante Geschäfte gemacht, als diese beiden wandernden Medicinkrämer.

Zu dieser Menschenclasse gehören auch noch eigentlich streng genommen die unzähligen Kiel- und Flatboote, welche mit den größeren Strömen hinabtreiben; nur eine gewisse Art derselben legt aber an den einzelnen Farmen und Plantagen an, die Mehrzahl schwimmt dem großen Markt des Südens, dem gewaltigen New-Orleans zu. Diese Krämerboote zeichnen sich vor den ersteren Kameraden durch eine kleine Stange und einen flatternden Wimpel aus; sie landen an jeder größeren Ansiedlung und führen theils Producte des Nordens, theils Ausschnitt- oder Blechwaaren, ja manchmal sogar Schaubuden und Theater mit sich. Ist an dem einen Ort ihr Geschäft beendet, so lösen sie das Tau und treiben weiter hinunter zum nächsten Platz, wobei sie, wie schon oben erwähnt, besonders in den südlichen Staaten vorzüglich gute Geschäfte machen, indem sie heimlich an die Negersklaven Whiskey ausschenken und dafür von diesen Feldfrüchte und selbstgezogenes oder gestohlenes Vieh eintauschen.

DER AMERIKANISCHE URWALD

Der deutsche Jäger, der Abends seine Jagdgeräthschaften für den nächsten Tag in der freundlich-gemüthlichen Stube zurechtlegt, Pulverhorn wie Korbflasche füllt und nun mit Tagesgrauen nichts weiter zu thun hat, als den Hund zu füttern und für sich selbst ein Paar Butterbröde zu schneiden, wenn nicht auch das die Frau schon besorgte; der dann sein Schießzeug umhängt und mit dem klugen Ponto durch offene Felder sucht, oder durch lichte Waldung pürscht, Nachts aber wieder ruhig in seinem warmen, weichen Bette liegt: der weiß freilich nicht, wie es einem armen Streifschützen zu Muthe ist, der, weit von jeder menschlichen Wohnung entfernt, in Regen und

Sturm, vielleicht in Schnee und Eis draußen im Walde campirt, und hungert und friert.

Das Leben in den amerikanischen Urwäldern hat aber stets einen geheimnißvollen Reiz für den Europäer gehabt; schon der Name klingt romantisch, man denkt dabei an die gewaltigen, riesigen Bäume, an das schaurige Rauschen der mächtigen Wipfel, an die Schlingpflanzen und an den wilden Wein, der in schweren, dunklen Trauben von den Ästen herniederhängt, an das Wild, das leisen, bedächtigen Schrittes hindurchzieht, an den finstern Bären, den stattlichen Hirsch, die zahlreichen Völker wilder Truthühner, vielleicht gar an einen in den Zweigen lauernden Panther; ja das ist Alles sehr schön und gut – existirt auch wirklich, nur ist es schlimm, daß die Sache, so recht in der Nähe, aus der Mitte heraus, betrachtet, sehr, sehr viel an Reiz und romantischem Zauber verliert. – Es ist damit gerade so, wie mit einer weidenden Heerde.

Welch einen lieblichen Anblick gewährt es, wenn man, auf einem Hügel gelagert, in der Ferne, auf grüner blumiger Wiese eine Heerde weiden sieht, wo die einzelnen buntscheckigen Kühe nach dem duftigen Futter umhersuchen, wo der Hirt, dessen Hund ihn spielend umspringt, an seinem Hirtenstabe lehnt; wenn man das melodische Läuten der Glocken, das weiche Blöken des Viehes selbst, das freundliche Klaffen des Hundes hört – ein unendlicher Zauber liegt über dem anmuthigen Bilde; – steigt man aber von dem Hügel herunter und kommt in die Nähe, so wird aus der blumigen Wiese ein mit ganz anderen Gegenständen als Blumen bedecktes Brachfeld, die Glocken klingen nicht rein, die eine besonders, die einen Sprung hat, und die man in der Ferne nicht hören konnte, vernichtet den ganzen günstigen Eindruck. Der Hund läuft Einem schon von weitem entgegen und weist knurrend die Zähne – und kommt man nun gar noch näher – riecht erst die Heerde – und den Hirten – ja dann ist's mit dem idyllischen Wesen vorbei – der Zauber schwindet und wir haben eine Heerde Rindvieh, mit Jürges Gottlieb, der daneben steht und an einem außergewöhnlich schmutzigen Strumpfe strickt.

Nun ist es freilich nicht ganz so arg mit dem Urwald; das einzelne Schöne, aus dem er besteht, bleibt immer, ja gewinnt sogar noch in der Nähe an Großartigkeit, wenn man es nämlich blos anzusehen brauchte; muß sich aber der Jäger durch die Schlingpflanzen mit Messer und Tomahawk Bahn brechen, dann findet er zu seinem Schrecken, daß jene malerischen Geflechte voll Dornen und giftiger Blätter sind, die, wenn ihr Saft die Haut berührt, Blasen ziehen und das Fleisch entzünden; der mit Blumen und

Kräutern bedeckte Boden giebt nach, und zäher Schlamm umschließt Fuß und Knöchel, umgestürzte Riesenstämme versperren den Weg und sie zu umgehen, ist unmöglich, denn in ihrem Sturz haben sie alles Danebenstehende mit niedergerissen und undurchsichtige Brombeerhecken sind aus den Wurzellöchern aufgewachsen; – Schaaren von Mosquitos stürmen auf den Geplagten ein, zahllose Holzböcke peinigen ihn auf eine fast unerträgliche Art, und ist er im flachen Lande – (denn nur dort findet er den Urwald noch in seiner ganzen Majestät, da in den Hügeln das dürre, trockene Laub zu oft angezündet wird, was die jungen Bäume tödtet und die ältern im Wachsthum hindert), so darf er den Blick kaum zu den herrlichen Stämmen aufheben, weil er fortwährend fürchten muß, auf eine der zahlreichen Schlangen zu treten, die überall dort, wo die Sonne durch's dichte Laubdach bricht, zusammengerollt liegen und dem Unvorsichtigen leicht gefährlich werden können.

Im Winter fallen nun allerdings eine Menge dieser Übelstände weg, die giftigen Schlingpflanzen sind unschädlich, die Insekten fort, die Schlangen liegen in Erdlöchern und hohlen Bäumen; – das ist etwas; – damit aber der deutsche Jäger einen Begriff davon bekommt, wie ein amerikanischer Urwald im Winter beschaffen ist, so will ich hier ein Paar Tage, freilich nicht die angenehmsten, aus meinem Jagdleben, aus den Niederungen von Arkansas, beschreiben.

Im Januar 1840 hatte ich den Theil dieses Staates wieder aufgesucht, der östlich vom Mississippi und westlich vom Whiteriver, zwischen diesen beiden Strömen einen wohl hundert englische Meilen breiten und viele hundert langen Landstrich einschließt und von zahlreichen anderen, aber kleineren Flüssen durchschnitten wird. Wild gab es in den mächtigen Wäldern genug, das entsetzlich ungesunde Klima aber hatte mich im Sommer aus den Sümpfen getrieben, wo ich das kalte Fieber nicht los wurde, jetzt jedoch, bei Frost und Schnee, war das nicht mehr, wenigstens nicht anhaltend, zu befürchten, und ich beschloß, wo möglich eine Büffeljagd auf meine eigne Hand anzustellen, denn dort ist der einzige Platz in den vereinigten Staaten, wo sich noch Büffel aufhalten.

Nun waren die Aussichten zur Jagd freilich nicht die lockendsten, denn ich bekam die letzten Tage des Januar gar Nichts zu schießen und mußte halb verhungert, als ich endlich nach einer glücklichen Schneenacht einen Hirsch erlegte, den mich von meiner Beute trennenden, schmalen Fluß durchschwimmen um diese zu erreichen, wo ich dann ein paar Tage krank oder wenigstens unwohl im Schnee liegen blieb; das ist aber immer noch nicht das Schlimmste aus jener Zeit, ich hatte wenigstens ein gutes Feuer, eine wollene Decke und Hirschwildpret – was will ein Jäger mehr?

Am 2. Februar endlich brach ich auf, warf meine Decke zusammengerollt, über den Rücken, und schritt südlich in den mächtigen Wald hinein, oder besser gesagt, darin fort, denn ich war schon recht eigentlich im strengsten Sinne des Worts darin. Bald kreuzte ich mehrere Hirschfährten; das war aber das Wild nicht, dem ich zu begegnen wünschte, und ich verfolgte meinen Weg.

Der Wald war in dieser Gegend wahrhaft großartig, die gewaltigen Riesenstämme, größtentheils sechzig bis achtzig Fuß vom Boden gerade emporsteigend, ehe sie auszweigten, boten mit den schneebedeckten Wipfeln einen wundervollen Anblick. Es hatte zu schneien aufgehört, und eine heilige Stille herrschte rings umher, die nur dann und wann durch das Herunterbrechen irgend eines zu schwer mit Schnee beladenen Astes, oder das heisere Krächzen eines Raben unterbrochen wurde. Es ließ sich auch sehr gut marschiren; lange schmale Streifen hohen Landes liefen zwischen den zahlreichen Bächen und dem überschwemmten Boden der Niederung hin, und auf diesem standen die meisten Schlingpflanzen und Dornen; da es aber jetzt stark gefroren und geschneit hatte, so hielt ich mich fortwährend auf dem Eis und wanderte so leicht und ungehindert wie auf einer geebneten Landstraße darauf fort, denn der Schnee hinderte mich wenig, da ich damals noch meine alten, deutschen Wasserstiefeln trug. Mehre Male kreuzte ich auch die Spur von Wölfen, sah mich jedoch nicht einmal darnach um, denn ich würde keinen Wolf geschossen haben, selbst wenn er mich darum gebeten hätte, weil ich Pulver und Blei mehr zusammen halten mußte. In einer Gegend, wo man seine Ammunition nicht wieder ersetzen kann, geht man gewiß haushälterisch damit um; ich verließ mich daher auch auf meine Stücken Hirschwildpret und zog an ein paar Völker Truthühner ruhig vorüber, wobei diese ebenfalls sehr wenig Notiz von mir zu nehmen schienen.

Nach einigen Stunden vorsichtigen Pürschens jedoch, wobei ich immer noch nicht die stille Hoffnung aufgab, einem alten Bären zu begegnen, der seine Winterwohnung einmal verlassen haben konnte, obgleich dazu eigentlich wenig Hoffnung war, erreichte ich plötzlich einen Platz, wo in der vorigen Nacht etwa zwanzig Büffel gelagert haben mußten. Die Betten waren vom

Schnee entblößt, die Zweige der Büsche ringsumher abgenagt und die Fährten sahen noch so frisch aus, als ob sie eben erst der weißen Schneedecke eingepreßt worden wären.

Das war Alles, was ich wollte – Büffel – und welche Fährten fand ich? ein alter Bull besonders mußte ein unmenschlich starker Bursche sein. Natürlich hoffte ich die Heerde, die, meiner Ansicht nach, nicht weit konnte gewandert sein, in kurzer Zeit beim Äsen zu erwischen, und schnell, aber so geräuschlos als möglich, folgte ich den breit ausgetretenen Fährten eine Strecke am Fluß hinunter, und dann wieder, westlich von diesem ab, als ob sie nach ihrem gewöhnlichen Sammelplatz, den »Cash-« Sümpfen, hinüber gewollt hätten; auf einmal aber änderte sich ihre ganze Richtung und sie waren wieder nordwestlich hinaufgerannt und zwar diesmal, wie es schien, in wilder Eile.

Erst konnte ich mir dieses schnelle Wenden nicht erklären, fand aber bald die Auflösung in einer Masse Wolfsfährten, die wahrscheinlich die Heerde, in der Hoffnung, ein Junges zu fangen, angefallen und zerstreut hatten, obgleich sich der Büffel sonst nicht besonders vor dem Wolf fürchtet. Jetzt ging auch für mich ein viel beschwerlicherer Marsch an, denn da sich die schweren Thiere vereinzelt hatten, mußte ich mir selbst meinen Weg hinter ihnen her bahnen. Unglücklicher Weise war ein Schilfdickicht von ihnen durchbrochen worden und die Folge daher erschrecklich beschwerlich gemacht, denn nichts ist dem Bärenjäger hinderlicher, als eben diese Schilf- oder Rohrbrüche, in die sich besonders der Bär augenblicklich flüchtet und nur zu oft dadurch gerettet wird; denn wer einen solchen Bruch nie gesehen hat, kann sich unmöglich einen richtigen Begriff davon machen. Das Schilf selbst ist hart wie Holz, wird bis anderthalb und zwei Zoll im Durchmesser stark, und oft dreißig und vierzig Fuß hoch, steht auch in dem fruchtbaren und sumpfigen Thalland so dicht, daß man sich kaum dazwischen hindurchdrängen kann; ein Fortschreiten in diesen Dickichten wird aber nur zu häufig durch die Unmasse dorniger Schlingpflanzen, die mit einem festen Gewebe ganze Strecken eng verbinden, fast unmöglich gemacht, wenn der Jäger sich nicht, in der Rechten das schwere, breite Jagdmesser, Bahn haut; kommt er aber zu einem in diesem Gewirre umgestürzten Baum (und die umgestürzten Bäume liegen nicht etwa selten darin), so ist an ein Weiterdringen in gerader Richtung gar nicht zu denken; junge Bäume, Schlingpflanzen, Rohr und Dornen bilden dann eine Masse, durch die man sich nicht einmal Bahn hauen kann, und man muß den Platz umgehen.

Wie langsam aber in einem solchen Schilfbruch ein Vorrücken möglich ist, habe ich einst im Mississippi-Thal erfahren, wo ich drei Stunden zu einer Strecke von etwa 500 Schritt brauchte. Hier ging es jedoch etwas besser, die Büffel hatten mir, wenigstens ein wenig, Bahn gebrochen, und mit dem Messer nachhelfend folgte ich erträglich rasch. Der Tag war aber auch jetzt sehr weit vorgerückt und die hereinbrechende Dämmerung überraschte mich keineswegs angenehm. Das Schilf wollte gar kein Ende nehmen; wenn ich daher auch, beim hellen Schein des Schnees, der Spur in der Nacht hätte folgen wollen, so wäre dies schon wegen des dicken Rohres nicht möglich gewesen, das, nach allen Richtungen hinaus stehend, die ganze Aufmerksamkeit des Hindurchdringenden am hellen Tage in Anspruch nahm, indem man sich bei jedem Schritt die Augen aus dem Kopfe stoßen konnte; daher zündete ich ein Feuer an, was mit Hülfe des Tomahawks und etwas trockenen Schwammes sehr bald gelang, reinigte einen Platz vom Schnee und hatte mich bald behaglich genug eingerichtet.

Ich lag gerade auf einer kleinen Erhöhung, mitten im Schilf, so daß ich gegen den kalten Nordwind ziemlich geschützt war; der Platz hatte aber das Unangenehme, auch nicht die mindeste Aussicht zu gewähren, nicht zwei Schritte weit konnte ich sehen und fühlte mich durch die Nähe des Dickichts, von dem ich förmlich umschlossen lag, beengt; die Sache ließ sich jedoch nicht ändern, eine offene Stelle auszuhauen, dazu fühlte ich mich zu ermüdet, Wirthshäuser waren auch nicht in der Nähe, also machte ich gute Miene zum bösen Spiel und bekümmerte mich mehr um mein Feuer als um das Dickicht.

Weil ich doch noch nicht recht schläfrig war, holte ich, nachdem ich mein frugales Abendbrod verzehrt hatte, den Compaß vor, und denselben gerade in eine der Büffelfährten an meiner Seite stellend, vertrieb ich mir damit die Zeit, zu rathen, auf welchem ganz genauen Strich nun die Heimath läge, und dabei zu überlegen, wie mich hier, von diesem Punkt aus, das Abweichen eines 32stel Zolles zur Rechten oder Linken, entweder in die Wüste Sahara oder nach Sibirien hinaufbringen könnte. Diesem Gedanken gesellten sich andere zu – was sie jetzt wohl zu Hause machten, ob sie auch an mich hierher dächten und noch viele, viele Dinge – so daß ich endlich vom vielen Denken müde wurde und einnicken wollte. – Da krachte ein kleiner Zweig – dicht neben mir; – zwar war der Laut gedämpft – der Zweig mußte unter dem Schnee gelegen haben, ich hatte es aber deutlich gehört und hob schnell den Kopf, um wenigstens den kleinen Raum, in dem ich lag, übersehen zu können; auch war ich in der Richtung noch ungewiß, instinktartig hatte ich aber das Messer aus der Scheide gezogen.

Eine Weile blieb Alles ruhig und ich konnte das Schlagen meines Herzens hören – da krachte es wieder, ganz nahe; – was es auch immer sein mochte, es konnte sich keine zwölf Fuß von mir befinden; deutlich vernahm ich auch jetzt die leisen Schritte im Schnee, wie das Thier trap – trap – trap – trap – mich langsam umschlich. O wie ich mir damals einen Hund wünschte.

Eine Zeit lang schien es still zu stehen, dann hörte ich es wieder in der anderen Richtung, deutlicher noch als vorher. All' meine Sinne waren aber jetzt auf das Peinlichste gespannt, denn jeden Augenblick erwartete ich irgend eine Bestie, ob Panther oder Wolf konnte ich nicht wissen, aus dem Dunkel hervorblinzen und mich anschnüffeln zu sehen. In dieser angenehmen Hoffnung hatte ich nun freilich den Hahn der Büchse aufgezogen, aber auch diesmal starb das Geräusch hinweg und das frühere, lautlose Schweigen herrschte.

Aus allem Vorhergegangenen mußte ich nun nach wohl Stunden langem Harren vermuthen, daß mich mein Nachtbesuch verlassen habe, doch war ich zu aufgeregt, um gleich einschlafen zu können und blieb noch lange wachend liegen, indem ich einen vor mir stehenden alten Baum betrachtete, der ein gar eigenthümliches Aussehen hatte. Es war ein ungeheurer Sassafrasstamm, der, von einem dichten Gewebe von Schlingpflanzen umgeben, seiner Äste und Zweige beraubt, wie eine riesenmäßige Säule gegen den dunkeln Nachthimmel emporstarrte. Eine hohe, breite Schneekappe krönte den Gipfel. Im Sommer, wenn die Schlingpflanzen ihre grünen Blätter bekommen, sehen diese Baumleichen herrlich aus, denn dann ist von der alten, vertrockneten Rinde auch nicht die Spur mehr zu erkennen, und nur die grüne, lebendige Säule steht wie ein Denkmal vergangener Zeiten da, wo noch der Indianer die Wildniß durchzog, die jetzt nur sein Grab umschließt. – Ich schlief bald darauf ein und der Morgenruf der Eulen weckte mich erst wieder.

Vor allen Dingen untersuchte ich aber jetzt, wer mein nächtlicher Besuch gewesen war, und fand auch dicht am Lager, einmal sogar bis auf drei Schritte, die Spuren eines ziemlich starken Wolfes, was mich um so mehr befremdete, da der Wolf sonst sehr menschenscheu ist und einem Lager selten gern naht; – später übrigens habe ich oft Beweise vom Gegentheil erhalten, denn einmal, zwei Jahre darauf, holte mir eine solche Bestie das Jagdmesser fort, das dicht neben mir lag und zerkaute den schweißigen Griff; ich hatte erst an demselben Nachmittag einen Hirsch damit aufgebrochen.

Mit neuen Kräften verfolgte ich nun die jetzt wieder vereinigten Fährten, die an manchen Stellen, wo kein besonderes Futter sie aus der Bahn lockte, eine förmliche Straße bildeten; aber wie ich auch spähte, immer noch konnte ich nicht das ersehnte Wild selbst entdecken, hundertmal wohl ließ mich ein niederbrechender Ast, oder ein aufgescheuchter Hirsch ihre Nähe hoffen, stets sah ich mich aber getäuscht. Meine einzige Hoffnung blieb jetzt, als die Sonne wieder blutigroth am Horizont verschwand, die Nacht; der Wald war offener als am vorigen Abend, ich gedachte daher meinen Weg fortzusetzen, da die Büffel auf keinen Fall nach einbrechender Dämmerung weiter wandern würden. Das wäre auch recht gut gegangen, denn hell genug leuchtete der Schnee, um die Fährten zu verfolgen, wieder aber stellte sich mir ein solch unglückseliges Schilfdickicht in den Weg, dazu umwölkte sich der Himmel und ich wurde auf's Neue gezwungen »beizulegen.«

Mein Nachtlager war ausgezeichnet, denn durch einen umgestürzten Stamm gegen den kalten Luftzug geschützt, bei einem herrlichen Feuer, an dem ein ansehnliches Stück Hirschwildpret schmorte, hätte ich mich sehr wohl fühlen können, aber – aber – die aufsteigenden Wolken machten mich besorgt, dazu wurde es merklich wärmer, und mir bangte vor Thauwetter. Ich war viele Meilen in den Sumpf eingedrungen und die ganze Zeit fast nur auf Eis marschirt, durfte daher wenig trockenen Boden hoffen, wenn diese Schneemasse jetzt flüssig werden sollte. Doch was konnte ich thun? ich mußte es abwarten, hüllte mich also in meine Decke und schlief bald ein. Die Sonne mochte aber schon lange aufgegangen sein, als ich endlich erwachte und zu meinem Entsetzen das, was für mich das Schrecklichste war, bestätigt fand – es regnete und die Luft war mild und warm wie im Mai – o wie ich mich jetzt nach einem tüchtigen Nord-Ostwind sehnte.

Mit welchen Gefühlen ich übrigens meine nasse Decke zusammenrollte und mich marschfertig machte, läßt sich denken; dabei kamen mir bedeutend starke Gedanken an Umkehren und Büffel Büffel sein lassen; die Fährten sahen aber gar zu lockend aus, noch blieb mir die Hoffnung, sie einholen zu können, ja sogar die Wahrscheinlichkeit war vorhanden, daß sie bei solchem Wetter nicht weiter ziehen, sondern ruhig äsen würden; fest entschlossen also, da es jetzt doch auf eine Meile mehr oder weniger nicht ankam, folgte ich auf's Neue den Fährten und trotzte dem Himmel, der mir eine Wolke voll Wassers nach der andern auf den Pelz goß. Die Büffel schienen auch ganz in der Nähe zu sein; in den Fährten stand das schlammige Wasser, das ihre Tritte aufgerührt hatten, Losung sogar, die ich fand, war noch warm – ich mußte sie finden; – da kam es mir plötzlich vor, als ob der liebe Gott alle Zapfen aus den Schleußen dort oben herausgezogen habe – es regnete nicht mehr, es wasserfallte und der Erdboden glich einer ungeheuern Eislimonade, nur fehlten Zucker und Citronen.

Es ist jedoch ein eigenes Ding um das Menschenherz; vor kleinen Beschwerden und Gefahren bebt es zurück, stürmt aber alles wild und toll darauf ein, kommt ein Schlag nach dem andern; dann wird es verstockt und störrisch, wie ein wilder Stier, macht die Augen zu und stürmt blindlings gegen Jedes an, was sich ihm in den Weg stellt.

Etwas besser macht ich's doch, die Bäume umging ich, aber so erbittert hatte mich dieser, für mich wahrhaft fürchterliche Witterungswechsel gemacht, daß ich das Äußerste zu wagen beschloß. Der ganze Wald stand unter Wasser, d. h. unter geschmolzenem Schnee, und ich mußte jetzt schon auf das höhere, mit Dornen und Schlingpflanzen bewachsene Land, da sich erstlich die Büffel hierher gewandt hatten und dann auch das Gehen auf dem Eis fast zur Unmöglichkeit wurde, indem es unter dem Schnee geschmolzen, wenigstens weich geworden war und beim zweiten oder dritten Schritte stets einbrach. Noch konnte ich die Fährten erkennen und folgte, oft bis an den Gürtel im Wasser, dem Wild – ich war gegen Alles gleichgültig geworden und hatte nur den einen Gedanken noch – Büffel – ich wollte Büffel sehen – ich wollte einen schießen und wäre dann mit dem größtmöglichen Vergnügen gestorben, um nur nicht wieder den ganzen Weg, den ich gekommen war, zurück machen zu müssen.

Da wurde der Wald plötzlich licht und nach wenigen hundert Schritten dehnte sich eine weite, öde Fläche vor mir aus – es war ein See – wenigstens jetzt, er konnte aber nicht gefroren gewesen sein, denn es lag nur eine dünne Decke geschmolzenen Schnees auf der Oberfläche, und hier – hier waren die Büffel hindurch. Deutlich konnte ich die langen, dunkeln Streifen, die sich quer durch zum anderen Ufer zogen, erkennen; vergebens aber spähte ich nach den Thieren selbst – eine räthselhafte Wanderlust trieb sie vorwärts und ich unglückseliges Menschenkind hatte gerade diesen Zeitpunkt wählen müssen, um Jagd auf sie zu machen; doch das Überlegen brachte mich nicht weiter; auf einem etwas trockenen Fleck band ich alle meine Habseligkeiten in die Decke zusammen, nahm diese auf die Schulter und – folgte den Fährten.

Noch jetzt, wenn ich an diese Jagd zurückdenke, kann ich nicht anders glauben, als daß ich damals einen gelinden Anfall von Wahnsinn haben mußte, denn wenn ich die Büffel wirklich überholte, so konnte ich höchstens ein paar Pfund Fleisch und vielleicht ein Horn, als Siegestrophäe, mitnehmen; ich fühlte aber jetzt nur den einen Trieb in mir, hatte nur das eine Ziel im Auge und fand mich sehr bald bis unter die Arme im Schneewasser, mitten im See. Als mir das Wasser über die Brust stieg, verging mir der Athem, doch war der Boden glücklicherweise fest, nicht schlammig, wie ich im Anfang gefürchtet hatte, und ich erreichte das andere Ufer, – oder, besser gesagt, das höhere Land, denn von Ufer war keine Rede, – ohne unterwegs erstarrt zu sein. Hier fand ich das Wasser doch wenigstens nur knietief und athmete etwas freier. Zu meiner großen Verwunderung schien es aber Abend zu werden, und kaum konnte es, wie ich wenigstens glaubte, Mittagszeit sein. Sollten wir eine Sonnenfinsterniß haben? dacht' ich einmal – das war möglich, aber immer dunkler wurde es, immer stiller im Wald – in der Ferne ließ sich ein einzelner Wolf hören – es war kein Zweifel mehr, die Nacht brach schon wieder herein, und noch ist es mir unbegreiflich, wie mir die Zeit an jenem Tage verschwunden sein konnte.

Der Regen, der am Nachmittag etwas nachgelassen hatte, fing wieder von frischem an zu gießen, und als ich mich, mit gerade keinen freundlichen Gefühlen, nach einem Platz zum Lager umsah, regnete es, wie man sagt, Bindfaden; trotzdem gab ich die Fährten nicht auf – an Feuermachen war jedoch gar nicht zu denken; auf dem trockensten Platz, den ich finden konnte, stand das Wasser anderthalb bis zwei Zoll, und Jedermann wird eingestehen müssen, daß das immer noch *feucht* war; ich kauerte mich daher unter einem halbumgestürzten, schräg liegenden Baumstamm, der wenigstens die fürchterlichsten Regengüsse von mir abhielt, nieder, obgleich ich auch schon bessere Dächer, als er war, gesehen habe, und versuchte zu schlafen. – Zu schlafen? ja, wenn ich das einen Versuch nennen will, daß ich einige Male die Augen zumachte; an wirkliches Schlafen war aber natürlich unter solchen Verhältnissen nicht zu denken; zwar trug ich noch ein Stück gebratenes Hirschwildpret bei mir, fühlte aber nicht den mindesten Appetit, es zu verzehren, und erwartete sehnend und vor Frost schüttelnd den anbrechenden Morgen.

Mitternacht mochte es sein, als ich, seit der Dämmerung, die ersten Wölfe wieder hörte – sie schienen ganz in der Nähe zu sein und heulten jämmerlich; die armen Bestien mochten wohl auch nasse Füße haben; so gleichgültig war ich aber gegen ihre Nachbarschaft, so abgestumpft gegen jede, nur erdenkliche Gefahr geworden, daß ich es nicht einmal der Mühe werth hielt, das Messer aus der Scheide zu ziehen, sondern ruhig sitzen blieb und abwartete, was sie thun würden, denn schon der Gedanke, mich zu bewegen, war mir gräßlich. Es mochten sechs oder sieben Wölfe sein – so viel verschiedene Solosänger konnte ich wenigstens unterscheiden und ich erinnere mich sogar noch recht deutlich, daß ich einmal *gelacht* habe, als ein junger Wolf, mit einer besonders dünnen Stimme, so gar klägliche Töne ausstieß. Immer näher kamen sie, aber, und da es nicht anders möglich sein konnte, als daß sie mich wittern mußten, denn der Wolf wittert, wie bekannt, ungemein scharf, so begreife ich eigentlich jetzt noch nicht, was sie, wenn es nicht ihre grenzenlose Feigheit war, abhielt, über mich herzufallen, da ich ihre dunklen Gestalten deutlich erkennen konnte, wie sie im Wasser hin und her wateten.

Weil mir ihre Nähe aber doch jetzt fast etwas zu freundschaftlich wurde, beschloß ich, der Sache auf einmal ein Ende zu machen, nahm die Büchse an den Backen, zielte auf den größten Körper und drückte ab. – Ja ich hatte gut drücken – es war Alles naß geworden; da blieb mir denn weiter nichts übrig, ich lehnte die Büchse neben mich, und schloß die Augen; die ganze Sache um mich her kam mir so ekelhaft und fatal vor, daß ich sie gar nicht mehr sehen mochte.

Endlich brach der so heiß ersehnte Morgen an – aber wie – grau und feucht; der Regen hatte freilich nachgelassen, doch schien das Wetter noch viel wärmer geworden zu sein – der Schnee war jetzt vollkommen geschmolzen und der ganze Wald eine flüssige Masse, in der jede Fußspur zusammenlief – Büffelfährten existirten nur noch in der Erinnerung. Da stand ich nun, mit meiner Büffeljagd – Gott weiß, wie viele Meilen von irgend einer menschlichen Wohnung entfernt, in einem Wald, in dem sich ein Frosch hätte erkälten müssen, mit einem Stückchen kalten, gebratenen Hirschfleisch und einer Büchse, die nicht losgehen wollte; ich verzehrte jedoch vor allen Dingen das erstere, wobei ich Pulver statt Salz gebrauchen mußte, und stand dann auf, um meine Marschroute für diesen Tag zu beschließen.

Wie ich damals das Alles ausgehalten habe, ist mir jetzt noch ein Räthsel; naß zum Ausringen, die ganze Nacht im Schneewasser, gekrümmt unter einem Baumstamm gesessen, von Wölfen umheult, fühlte ich mich jetzt so wohl und kräftig, als ob ich in einem warmen Bette geschlafen hätte, nur waren mir die Kniegelenke etwas steif.

Wenn ich aber auch, zu meiner Zeit, ein so eifriger Jäger gewesen bin, als sich selten findet, so hatte meine Jagdlust durch die letzten Begebenheiten dennoch einen bedeutenden Stoß erhalten, ich sehnte mich nach Menschen

– nach Brod, nach Bergen – denn ohne Berge konnte ich mir gar keine Erlösung aus dieser Wasserwüste denken: schnell faßte ich daher meinen Entschluß. – Ich hatte mein Möglichstes gethan, hatte bis auf den letzten Augenblick ausgeharrt, und brauchte mir nichts vorzuwerfen; den Büffeln sagte ich also, mit einem halb traurigen, halb ärgerlichen Blick nach Südwesten Lebewohl, und schlug die gerade Richtung nach Nordost ein, um an den S. Francis-Fluß, an die breite Fahrstraße, zu kommen und von dort den Mississippi zu erreichen, auf dem ich in den Ohio und auf diesem nach Cincinnati zurückkehren wollte.

Meiner Lust nach dem Urwald war für eine Zeit lang genügt, und ich kann mit gutem Gewissen fragen, *wer* hätte den Wald, unter solchen Umständen, nicht satt bekommen? Das »Sattbekommen« allein half mir aber noch nicht heraus und der vor mir liegende Weg erfüllte mich mit Grausen und Schauder. – Tagelang mußte ich noch in dem kalten Wasser fortwaten und eine einzige Nacht Frost konnte meinen Untergang herbeiführen, denn wenn sich jetzt auf dem Wasser eine dünne, scharfe Eisrinde sammelte, so wär' ich verloren gewesen; glücklicher Weise blieb es aber warm und ich trat meinen Marsch, wenn auch nicht mit Singen und Jubeln, aber doch mit dem festen Entschluß an, Alles, auch das Schlimmste, ohne Murren, zu ertragen.

Unmöglich wäre es jedoch, den Weg zu beschreiben, den ich zu durchwandern hatte. Nur wenige Streifen trockenen Landes fand ich, und hielt auf dem ersten, um meine Büchse wieder in Stand zu setzen. Dann aber durch Sumpf und Moor, durch Fluß und seegleiche Wasserstrecken meine Bahn verfolgend, oft bis unter die Arme im Eiswasser (einige Male mußte ich sogar schwimmen) erreichte ich gegen Abend einen hohen indianischen Grabhügel und erquickte mich in dieser Nacht wieder bei einem lodernden Feuer und einem am Spieß steckenden Truthahn, den ich, wenige hundert Schritt von meinem Lager, von einem Baum herunter geschossen hatte.

Am nächsten Tage blieb mein Marsch nun zwar derselbe – dieselbe öde Wasserwüste, derselbe kalte, nasse Wald, mit seinen ungeheueren Bäumen; doch interessirte mich an diesen jetzt nur noch das Moos, nach dem ich meine Richtung beibehielt, denn in dem flachen Lande, an den geraden Stämmen, ist das Moos an der Nordseite (ein klein wenig mehr westlich als östlich) am stärksten, und man kann ziemlich sicher darnach gehen; ich wenigstens habe meinen Weg stets sehr gut mit der Beobachtung desselben gefunden. Wer beschreibt aber meine freudige Überraschung, als ich gegen Mittag Spuren eines menschlichen Wesens fand und bald darauf einen Schuß hörte; ich brauche wohl nicht erst zu sagen, wie ich eilte, um mich diesem anzuschließen; nach nicht gar langem Marsch holte ich den Jäger auch ein, wie er eben einen erlegten Hirsch aufgehangen hatte; er war aber ebenfalls nicht wenig erstaunt, *mich* und zwar an solchem Ort und in solchem Aufzuge zu sehen. Wäre er nur ein Bischen mit europäischer Civilisation bekannt gewesen, so würde er mich unbezweifelt für einen Weinreisenden gehalten haben, so konnte ich ihm nur versichern, daß ich ein »Pech-Reisender« sei und mich in den Sümpfen hier zu meinem Vergnügen aufhalte; mein Aussehen mußte das auch bestätigen.

Ich hatte jedoch nun den schlimmsten Weg überstanden und erreichte einige Tage darauf die Ansiedelungen; es bedurfte aber langer Monate, ehe ich diese Jagd vergessen, wenigstens verschmerzen konnte; doch durfte ich mich gar nicht beklagen; ich lernte dadurch nur *eine* der *vielen* Schattenseiten kennen, die eine jede Sache haben muß, um nicht durch Einförmigkeit allen Reiz zu verlieren; fand aber auch zu gleicher Zeit, daß der *Urwald* trotz all dem Zauber, der schon allein in dem Worte liegt, recht sehr prosaisch, ja sogar recht sehr langweilig sein konnte. Sind daher die deutschen Jagden auch weniger gefahrvoll, also auch weniger interessant, als die amerikanischen, so ist der Jäger hier doch auch nicht solchen erschrecklichen Lagen ausgesetzt, als es nur zu oft dort der Fall ist, und wo einmal eine Sache Zwang wird, wo der im Walde Lebende schießen *muß*, wenn er nicht verhungern will, hört sie auf Vergnügen zu sein.

Drum, – haben wir auch hier in Deutschland keine Bären- und Pantherjagden, so sind die Hasentreiben doch äußerst gemüthlich; und liefern fette Bärrippen und Honig ein sehr leckeres Mahl, so schmeckt ein gespickter Rehziemer auch nicht so übel.

DIE BÄRENJAGD AM BAYOU METER IN ARKANSAS

Eine reine, klare Julisonne sandte ihre glühenden Strahlen auf die Sümpfe herab, welche die Bayou Meter am nördlichen Ufer des Arkansas umgeben. Selbst die Frösche schwiegen, wie erdrückt von der schweren Atmosphäre, und nur dann und wann unterbrach ein einzelner Ruf derselben, oder das Zwitschern eines kleinen Waldvogels, die Stille, die grabesähnlich auf der Wildniß lagerte.

Da schallte aus weiter Ferne das Geheul einer Meute Hunde herüber, schwieg wieder einen Augenblick, und erklang dann lauter und näher als vorher. Jetzt konnte man schon die verschiedenen, tieferen und höheren Töne einzelner Braken erkennen, und reißend schnell näherte sich die Jagd der noch vor wenigen Augenblicken geräuschlosen Einsamkeit. – Ein Hirsch, der, um den Fliegen und Mosquito's zu entgehen, dicht versteckt in einem kleinen Schilfdickicht gelegen hatte, sprang auf, streckte und dehnte sich, horchte einige Sekunden lang dem näher und näher kommenden Getos der Meute, und sprang dann mit langsamen aber weit gestreckten graziösen Sätzen in's Gebüsch, einen stilleren, ungestörten Platz zu seiner Ruhe zu wählen.

Jetzt schallte das Gebell klar und deutlich, wie nur wenige Schritte entfernt aus den, mit dornigen Schlingpflanzen dicht durchflochtenen und durchwachsenen Büschen; dürre Äste krachten, das trockene Laub raschelte, das ganze Gewirr von Schlinggewächsen kam in Bewegung, und heraus stürzte mit offenem, dampfenden Rachen, aus dem die rothe, lechzende Zunge hing, mit zurückgelegten Ohren, mit gesträubtem Haar, ein gewaltiger Bär, und versuchte über die kleine offene Fläche hinweg das gegenüber liegende Dickicht zu erreichen. Ihm auf den Fersen aber folgten fünf mächtige Hunde, und kaum hatte er die Hälfte der kleinen Waldprairie durchrannt, als der schnellste und kräftigste von ihnen, ein schwarz und grau gestreifter Bursche mit rothen, glühenden Augen und fürchterlichem Gebiß, an seiner Seite war und ihn faßte.

Mit Blitzesschnelle wandte sich der Bär und versuchte seinen Verfolger mit der Tatze zu erreichen und zu vernichten. Das kluge Thier aber, mit dieser

Jagd vertraut und die Gefahr kennend die in der, mit furchtbarer Kraft geführten Tatze seines Feindes lag, entging durch einen gewandten Seitensprung dem wohlgeführten Schlage. Ehe aber der Bär, der sich augenblicklich wieder zur Flucht wandte, das Zurückprallen seines Feindes benutzen konnte, das schützende Waldesdunkel zu erreichen, in welchem wild über einander gestürzte Bäume der verfolgten Bestie den größten Vorsprung gegeben haben würden, überholten die vier anderen Rüden jetzt den Verfolgten und umzingelten im Nu das zur äußersten Wuth gereizte Thier. Vergebens war's, daß sich dieses zur Wehr stellte, und mit einer Gewandtheit, die Niemand dem anscheinend plumpen Geschöpfe zugetraut haben würde, nach allen Seiten hin gegen die angreifenden Hunde Front machte und sie zurückschlug; vergebens, daß schon drei der kühnsten und unvorsichtigsten ihre Kampflust mit dem Tode gebüßt, und erschlagen oder schwer verwundet am Boden zuckten; andere, die der Jagd nicht so schnell hatten folgen können, nahmen die Plätze der Getödteten ein, und griffen mit immer erneuerter Wuth den vom langen Lauf erschöpften Bären an.

Durch einige wohlgeführte und todbringende Schläge jedoch, die wieder zweien der Meute das Leben kosteten, verschaffte er sich einen Augenblick Luft und stand schnaufend, mit glühendroth unterlaufenen Augen, die weißen Zähne bis über das Zahnfleisch hinauf entblößt, einen frischen Angriff erwartend, da, während die Hunde bellend und heulend ihn umsprangen. Oft aber, indem sie schon einen raschen Anlauf versuchten, wurden sie nur durch eine schnelle zuckende Bewegung, ein Drehen des Kopfes, ein Blinzeln des Auges ihres gefürchteten Feindes zurückgescheucht, daß sie winselnd zur Seite sprangen, gleich darauf so viel eifriger ihre Angriffe zu wiederholen.

Da erscholl nahe und laut der Jagdruf ihres Herrn, des jungen Lobston. – Sie horchten; noch einmal ertönte der ermunternde Zuruf des jungen Mannes, der seinem Vater, mit dem er die Jagd begonnen, voraus geeilt war. Sobald er die Hunde hörte, trieb er sie zu neuen Anstrengungen, den Feind aufzuhalten, bis er selbst mit Kugel und Messer den Gefährlichen abfangen und das Land von ihm befreien könne. Schweren Schaden hatte der Gefräßige nämlich den Heerden der Nachbarschaft zugefügt, und mancher Hund war schon in seiner Verfolgung geopfert worden, wobei er sich bis jetzt jedesmal durch seine ungemeine Schnelle und fürchterliche Kraft den Feinden entzogen und gewisse, sichere Dickichte erreicht hatte, in die ihm weder Hund noch Pferd folgen konnte und wollte.

Dießmal schien aber sein Schicksal besiegelt zu sein, denn mit Tigerwuth und alle Gefahr verachtend, warfen sich jetzt die Hunde, von der Stimme ihres Herrn gestachelt, auf den gemeinsamen Feind. Umsonst wüthete er gegen sie mit Zahn und Tatze, umsonst erfaßte er den Lieblingshund des jungen Lobston, gerade als dieser auf dem Kampfplatz erschien, in seine tödtliche Umarmung, daß das gequälte Thier laut aufheulte und seinem Herrn, den es schon dreimal aus Todesnoth gerettet hatte, wie Hilfe rufend, entgegen schrie. Fang und Klaue verachtend, bedeckte die jetzt zu rasender Wuth gereizte Meute den Bär, daß er mit ihnen, kämpfend und um sich hauend, zu Boden stürzte.

Der junge Lobston war nahe bei dem rollenden, wogenden Knäuel, den die wüthenden Thiere bildeten, vom Pferde gesprungen, und hatte mehrere Augenblicke vergebens gesucht, dem Bären eine Kugel beizubringen. Kaum hie und da konnte er auf Augenblicke ein Stück von dessen Fell sehen, so hielten ihn die Hunde bedeckt, und die Büchse hinwerfend, das Messer herausreißend, stürzte er sich gegen den Niedergeworfenen.

In demselben Augenblicke sprang dieser, wie durch Zauberei von den Hunden befreit, die nach allen Himmelsrichtungen geschleudert von ihm weg flogen, empor, und das erste, was sich seinen vernichtenden Blicken zeigte, war sein grimmigster Feind, der mit geschwungenem Messer auf ihn zustürzen wollte.

Der Anblick des mit Schaum und Blut fast überzogenen Thieres war fürchterlich, und mit solcher schrecklichen Mordgier im Blick sprang es auf den erschrockenen Jäger zu, daß dieser, der noch nie einen gereizten Bären in seiner ganzen Furchtbarkeit geschaut hatte, sich entsetzt wandte und zu fliehen versuchte.

Nur einen Angstschrei konnte er ausstoßen, als ihn die Bestie erreichte und niederschlug; in demselben Augenblicke aber hatten sich auch die Hunde wieder gesammelt, kamen ihrem jungen Herrn zu Hilfe, zwangen den Bären, ihn loszulassen und folgten dem sich langsam Zurückziehenden in den dichteren Wald.

Da krachten wieder die Büsche und dürren Äste desselben Dickichts, aus welchem vor wenigen Minuten der junge Lobston herauskam, und dessen Vater, ein alter, weißhaariger Greis, sprengte auf den Wahlplatz.

Sein Jagdhemd hing in Fetzen an ihm herunter, sein Gesicht war blutig und zerrissen, und lang flatterten ihm die weißen Locken beim scharfen Ritt um die Stirn. Auf der Hetze hatte er seine Mütze verloren, als er im rasenden Sprung, bei dem Roß und Reiter in den unzerreißbaren Schlingpflanzen hängen geblieben, über eine umgestürzte Eiche hinweggesetzt, gestürzt und gegen einen Baum geschleudert war. Eben wollte er, seinem Pferde die Hacken in die Seite setzend, über den blutigen Fleck hinübersprengen, der Jagd zu folgen, als er seinen Sohn ohnmächtig, das Gesicht der Erde zugekehrt, am Boden liegen sah, und mit krampfhaftem Zucken das Pferd zurückriß, daß es hochaufbäumend sich beinah mit dem wilden Reiter überschlagen hätte.

»William!« rief er mit vor Angst erstickter Stimme, »William – um Gotteswillen antworte, bist Du verwundet?« und alles Andere vergessend, sprang er vom Pferd, das schnaubend und keuchend stehen blieb, und versuchte den Sohn aufzurichten.

Dieser holte nur schwach Athem und schlug mit Mühe die Augen auf, den Vater zu bewillkommnen. Sein Gesicht war todtenbleich und, wie seine vorn ganz aufgerissenen Kleider, mit Blut überzogen.

Der alte Mann kniete neben ihm und legte den Kopf des Kindes auf sein Knie, während der Verwundete zu lächeln versuchte. Da schlugen, nicht sehr weit entfernt, die Hunde wieder wie rasend an, und heulten und jauchzten, daß der alte Jäger unwillkürlich seinen Kopf hob und den bekannten Tönen lauschte.

»Sie haben ihn auf einem Baume,« murmelte William leise.

»Ich weiß wohl, ich weiß wohl,« sagte der Alte, »aber laß ihn da sitzen und laß die Hunde darunter verhungern; ich kann Dich nicht verlassen.«

»Geh – geh,« bat der Sohn – »o laß ihn dießmal nicht entkommen.«

»Aber, William, Du liegst schwer verwundet hier, ich weiß nicht einmal wie schwer und ich sollte Dich jetzt verlassen? nicht um alle Bären in Arkansas – laß mich lieber sehen, wo Dich die Bestie getroffen hat,« und mit vorsichtiger Hand versuchte er die Kleider zu entfernen, um die Wunde zu entdecken; aber ein Schmerzensschrei des Kindes hinderte ihn, und besorgt zog er die helfende Hand zurück.

»Es thut wohl recht weh?« fragte er ängstlich.

»Vater – schieß den Bär,« bat der Sohn, »ich sterbe hier vor Ungeduld – höre nur, wie uns die Hunde rufen – der alte Wolf ruft mich!«

»Aber soll ich Dich hier allein lassen?« fragte der Alte, noch unschlüssig.

»Du bist in zehn Minuten wieder zurück, und wenn ich den Knall der Büchse und den Sturz des Bären höre, werde ich wieder gesund!«

Die Hunde heulten jetzt wirklich auf eine herzzerreißende Art, und der alte Jäger, von den Bitten des Sohnes und seinem eignen Wunsche, ein schwerverwundetes Kind zu rächen, gedrängt, winkte dem ihm freudig Zulächelnden noch ein kurzes Lebewohl, sprang auf sein Pferd und seinen Jagdruf ausstoßend, der von der Meute jubelnd beantwortet wurde, war er in wenigen Sekunden im Waldesdunkel verschwunden.

Bald darauf ließ das Bellen der Hunde nach, ein Augenblick ängstlichen Stillschweigens, der früheren Todtenstille ähnlich, herrschte, und der Verwundete hob sich mit unendlicher Mühe etwas auf seinem Ellbogen in die Höhe, um sein Gesicht nach der Seite hin zu kehren, von welcher her er den Schuß zu hören erwartete. Da krachte der scharfe Knall der Büchse; die Hunde stießen einen Schrei aus, und gleich darauf schallte der dumpfe Fall des schweren Thieres, das von seiner erklommenen Höhe herabstürzte, zu dem jungen Mann herüber. Hochauf athmete der, und sank zufrieden lächelnd auf die Wurzel des Baumes zurück, unter dem er lag.

Wenige Minuten darauf aber sprengte auch schon in vollem Carriere sein Vater wieder zurück, warf sich vom Pferde und kniete an der Seite des todtmatten jungen Mannes nieder, der bleich, mit geschlossenen Augen, aber leise athmend da lag.

»William,« sagte er, leise seinen Arm berührend, »William – schläfst Du?«

»Nein, Vater,« hauchte der Kranke, die Augen aufschlagend und ihn freundlich anblickend – »hast Du den Bär?«

»Hier ist seine Tatze,« sagte der Alte, indem er dem Sohne die blutige, abgeschnittene Tatze des Ungethüms hinhielt – »der ist nicht mehr schädlich.«

»Nun sterb' ich gern,« hauchte der Jüngling, und erfaßte seines Vaters Hand.

»Sterben, William? Thorheit – komm, sei ein Mann; steh' auf, komm, ich helfe Dir,« und mit Todesangst im Blick, versuchte er den Verwundeten zu unterstützen.

»Vater, Du thust mir weh!« seufzte dieser.

»Um Gotteswillen, wo fehlt es Dir denn?« fragte der alte Mann, jetzt wirklich zum ersten Mal die Möglichkeit vor Augen sehend, daß sein Sohn zum Tode verwundet sein könne.

»Hier,« sagte dieser, indem er auf seine rechte Brust zeigte – »hier – es ist Alles aufgerissen, im Rücken sticht es auch recht – und – die Mosquito's sind so bös.«

»William,« fragte der Vater in seiner Herzensangst, »kannst Du reiten?«

Der Sohn schüttelte traurig den Kopf.

In Todesangst rang der Vater die Hände und stöhnte endlich mit leiser, drängender Stimme:

»Aber hier kannst Du nicht liegen bleiben, William; die Insekten brächten Dich um, kein Mensch könnte Dich pflegen und Du müßtest verschmachten, wenn die Sonne morgen wieder so heiß wie heute brennt. Wir sind aber kaum vier Meilen von unserem Haus, Du weißt, der Bär wandte sich ganz wieder dem Flusse zu und es kann kaum 200 Schritt bis zur Bayou sein. Ich will Dich aufnehmen und tragen; ich thue es gewiß vorsichtig!«

»Ach, ich bin zu schwer für Dich, Vater!« seufzte der junge Mann.

»Nein, nein, William, ich habe Dich zu tausendmal getragen. Damals warst Du freilich noch kleiner und ich war stärker, Du bist aber jetzt krank und ich will Dich schon vorsichtig fortbringen.«

Ohne eine weitere Antwort abzuwarten, beugte er sich nieder, hob leise und sanft den Verwundeten auf, nahm ihn in seine Arme und wanderte mit starken Schritten heimwärts, fortwährend in das bleiche Antlitz seines Sohnes schauend, das bei jedem Fehltritt, bei der geringsten Erschütterung schmerzhaft zusammenzuckte und dessen Farbe mit jedem Augenblicke fahler und bleicher wurde. Zwei Meilen mochte der alte Lobston den Sohn wie ein krankes Kind also getragen haben, als dieser flehend bat ihn nieder zu legen und ruhen zu lassen, er könne es nicht mehr aushalten. Der Vater willfahrte der Bitte und legte ihn in's Gras, und brachte ihm in seinem Blechbecher, den er am Gürtel trug, zu trinken; dann aber trieb er auch um so mehr, das schützende Obdach des Hauses zu erreichen, aus der Nachbarschaft dort weibliche Pflege herbeizuholen.

Sanft nahm er den Verwundeten wieder auf und trug ihn mit unendlicher Mühe durch die Unzahl hochaufwachsender Cypressenwurzeln, die den Weg überall unterbrachen. Ängstlich vermied er dabei auch die kleinste Erschütterung, während keiner von ihnen weiter ein Wort sprach, bis der Vater endlich das, ihm peinlich werdende Schweigen brach und, sich zum Sohne niederbeugend, lispelte:

»Nur noch eine Viertelstunde, mein William, nur noch eine Viertelstunde, dann lege ich Dich sanft auf Dein Bett und rufe Nachbar Spellens Anna. Die soll Dich pflegen und dann wird Dir bald wieder besser werden. Zu Hause nehmen wir auch die blutigen Kleider ab und – aber William,« unterbrach er sich ängstlich, indem er still stand.

Der Sohn schlug noch einmal die Augen zu ihm auf, öffnete den Mund, als wenn er reden wollte, streckte sich und athmete tief auf, während ein tiefer Schmerz ihm durch das Antlitz zuckte.

»William!« rief der Greis entsetzt, »William! so antworte doch – thue ich Dir weh? –«

Der Sohn antwortete nicht mehr – er war todt.

Der Vater legte den Körper in's Gras, rieb ihm die Schläfe, nahm seinen Kopf auf den Schooß, erfaßte seine Hände; es war nutzlos, sein Kind war todt.

Da übermannte ihn einen Augenblick sein Gefühl; er warf sich auf den Leichnam und schluchzte laut; dann aber, sich gewaltsam sammelnd, stand er ruhig auf, nahm die Leiche wieder in seine Arme, und trug sie, so sorgfältig als er das verwundete Kind gehalten hatte, dem jetzt nur noch wenige hundert Schritte entfernten Hause zu. Dort angekommen, legte er die Leiche auf das Bett, rückte einen Sessel daneben und des Kindes Hand in die seinige nehmend, legte er seinen Finger auf dessen Pulsader, um den leisesten Schlag derselben zu vernehmen, das unbedeutendste Zucken seiner Augenlider zu bemerken. Es war die letzte Hoffnung des Vaters, dem starren unerbittlichen Tode gegenüber.

Ruhig und geduldig, ja vielleicht ohne sie zu bemerken, hielt der Greis die Stiche von ganzen Schaaren Mosquito's aus, die ihn umschwärmten, beobachtete sogar mit fieberhafter Spannung die einzelnen der kleinen Blutsauger, wenn sie sich auf das Gesicht der Leiche niederließen, zu entdecken, ob noch nicht aller Lebenssaft aus den Adern des einzigen Kindes gewichen sei. Die Mosquito's aber senkten ihren Stachel in die Haut und tauchten umsonst mit der langen Spitze desselben nach der warmen Nahrung, zogen ihn wieder heraus, versuchten an einer anderen Stelle und verließen dann, summend und unmuthig, den blutlosen Leichnam.

So kam die Nacht; der alte Mann stand auf und zündete ein Licht, von Hirschtalg und Bienenwachs gegossen, an, das er auf den Tisch stellte und denselben nahe zum Bett rückte. Dann setzte er sich selbst wieder auf seine alte Stelle, und die Hand des Kindes in der seinigen, erwartete er das erste Tageslicht. Als nun endlich der Morgen dämmerte, die Sonne hinter den

Baumwipfeln emportauchte, da stand er auf, ging hinaus, nahm eine Hacke und fing an das Grab seines Erst- und Einzig-Geborenen zu bereiten.

Als die Grube tief genug war, wickelte er die Leiche in die wollene Jagddecke, küßte noch einmal Lippe und Stirn des Kindes, senkte ihn sanft hinab, legte dachartig lange Schindeln über ihn hinweg, daß ihn die Erdschollen nicht berühren konnten und füllte das Grab aus.

Das beendet, rollte er mit unsäglicher Mühe einen abgehauenen, zu Fenzstangen bestimmten Eichenstamm auf das Grab, schlug die Rinde oben ab, und grub mit seinem schweren Jagdmesser, das er meiselartig gebrauchte, den Namen seines Sohnes in rohen Buchstaben auf den Stamm.

An demselben Tag noch fing er die beiden Pferde wieder auf, die er an dem gestrigen Unglücksabend im Walde verlassen hatte, bepackte sie mit dem Nöthigsten, was er bei einer neuen Ansiedelung zunächst zu brauchen glaubte, und zog über den Arkansas hinüber nach den Masserne-Gebirgen, dort ungestört den Tod seines geliebten Kindes beweinen zu können.

Das Haus stand verlassen und öde, der Stamm aber, der auf dem Grab des Jägers lag, war jeden Sonntag Morgen mit frischen, bunten Waldblumen geschmückt. Ein junges Mädchen kniete dann wohl eine Stunde lang, die Stirne auf die rauhe Rinde gepreßt, still daneben und netzte mit ihren Thränen die rauhe Decke des jungen Backwoodsman.

Lightning Source UK Ltd.
Milton Keynes UK
UKHW050758161222
414034UK00012B/985